Mable Strong

He found you

-Du kannst der Vergangenheit nicht entkommen-

Erotische Novelle

Teil 1

Covergestaltung: Canva

Selbstverlegerin

Mandy Oelsner

Gröbaer Straße 14

01616 Strehla

Instagram: mable_strong_autorin

ISBN: 9798839900349

Imprint: Independently published

Liebe Leserinnen und Leser,

diese Novelle wird kurz und knackig sein. Aber sie soll euch eine kleine Auszeit von eurem Alltag geben und am besten auch noch zum Kribbeln bringen (zwinker, zwinker).

Wird diese Geschichte weit hergeholt sein?

Natürlich!

Würde man es im echten Leben genauso machen?

Vermutlich nicht!

Aber das ist ja das gute an einer Fiktion.

Man darf sich darin fallen lassen und Sachen genießen, die man im echten Leben wahrscheinlich nicht mögen würde.

Ich für meinen Teil liebe es, deshalb schreibe ich es ja auch.

Wenn du nach diesem Vorwort, weiterlesen möchtest, wünsche ich dir nun ganz viel Spaß mit meinem Hengst Elvis und seiner Blüte, Leandra.

Elvis

Heute schlage ich zu.

Denn sie muss es sein. Der Beschreibung nach, passt sie perfekt.

Braunes schulterlanges Haar, das lockig über ihre Schultern fällt. Braune Augen und eine schlanke Figur. Ich weiß, diese Beschreibung kann auf viele Frauen zutreffen, doch sie hat ein ganz bestimmtes Merkmal. Eine große Narbe am Oberschenkel. Für jeden normalen Menschen wäre es eine normale Narbe nach einem Sturz. Doch ich weiß, wie solche Narben aussehen, wenn sich einmal ein Messer tief ins Fleisch gebohrt hat.

Zum Glück haben wir Sommer, sodass sie Hotpants trägt und ich dieses Merkmal entdecken konnte.

Als unser Boss die Beschreibung gab und sagte, sie müsse umgehend gefunden und zu ihm gebracht werden, hätte ich nicht gedacht das mich sowas erwartet.

Leandra hat das Gesicht einer Porzellanpuppe mit riesigen Kulleraugen. Ihre Haut sieht seidig weich aus. Doch tiefe Traurigkeit spiegelt sich in ihrem Blick wider, den sie gekonnt versucht zu verstecken. Aber ich durchschaue es sofort. Ich schätze, das hat mit ihrer Vergangenheit zu tun. Ich weiß nur bedingt darüber Bescheid, aber es interessiert mich ehrlich gesagt genauso wenig, wie ein feuchter Furz. Ich bin nicht der Mensch für all den sentimentalen Kram. Ich bin hier, um einen Auftrag auszuführen und das werde ich auch tun. Seit einer

Woche verfolge ich Leandra. Obwohl ich mir mehr als sicher war, dass sie diejenige ist, die ich suche, brauchte ich trotzdem diesen einen Beweis. Und heute hat sie ihr Schicksal, mit einer kurzen Jeans, besiegelt.

Hier in Harpers Ferry kennt jeder jeden. Warum sie genau dieses kleine Fleckchen Erde als ihren Rückzugsort ausgewählt hat, ist mir ein Rätsel. Schließlich kann sie hier schnell gefunden werden. Es gibt nicht so viele Einwohner und ein neues Gesicht merken sie sich. Ich bin da der beste Beweis für, dass es nicht so schwer war, sie zu finden. Sie war nicht mal so schlau ihren Namen zu ändern. Ein paar Fragen an die Einwohner und schon wusste ich, wo sie wohnt.

Dummes Mädchen!

Sie läuft an den Regalen für Hygieneartikel vorbei und steuert geradewegs den Bereich für Alkohol an. Ihr erster Griff ist eine Weinflasche und der zweite zu irgendeinem Schnaps. Ich verstecke mich hinter einem der Süßwaren Regale und beobachte sie. Leandra hat mir den Rücken zugedreht. Mein Blick wandert an ihrer schlanken Taille hinunter zu ihrem Arsch. Er schmiegt sich perfekt an die Jeans und lässt ihn knackig und prall aussehen.

Ich muss zugeben, es ist wirklich ziemlich schwer, mich bei diesem Anblick zu konzentrieren. Sie ist mehr als nur attraktiv. Für eine Sekunde kommt in mir das Verlangen auf, meine Hand in ihren Arsch krallen zu wollen und an mich ran zu ziehen. Doch plötzlich versteift sie sich und dreht ihren Kopf ruckartig in meine Richtung. Gerade noch rechtzeitig, kann ich mich hinter dem Regal verstecken.

Wieso ist sie auf mich aufmerksam geworden?

Als ich einen Blick riskiere, sieht sie wieder auf die Alkoholauswahl, vor ihr und geht anschließend zur Kasse. Sie legt zwei Tiefkühlpizzas, zwei Flaschen Wein und drei Flaschen Schnaps auf das Band.

Hat sie denn was vor? Will sie eine Party feiern?

Den Gedanken verwerfe ich jedoch wieder, da ich in den letzten Tagen niemanden bei ihr gesehen habe, der wie ein Freund wirkte.

Sie bezahlt, packt alles in einen Beutel und eilt aus dem Laden. Nur mit größter Mühe, schlüpfe ich an den anderen Leuten mit ihren Einkaufswagen vorbei und laufe hinter ihr her, ohne von ihr entdeckt zu werden. Sie wohnt nicht weit entfernt, ungefähr zehn Minuten zu Fuß. Hin und wieder sieht sie sich hektisch um, scheint aber nichts Auffälliges zu entdecken. Vor ihrem kleinen Haus ist sie so nervös, dass sie sogar den Schlüssel fallen lässt.

Das wird ein leichtes Spiel mit ihr. Mit langsamen Schritten komme ich dem Haus näher, als Leandra bereits hinter der Tür verschwunden ist. Leise drücke ich zum Test die Türklinke nach unten und bin umso erstaunter, als sie sich öffnen lässt. Ich hätte das Schloss zwar trotzdem knacken können, doch so ist es einfacher. Es wundert mich etwas, da sie die ganze Zeit so ängstlich wirkte. Ich hätte erwartet, dass sie doppelt abschließt.

Armes Ding!

Sie weiß ja gar nicht, was heute noch auf sie zukommen wird.

Leandra

~2~

Es kribbelt schon die ganze Zeit in meinem Nacken, als würde ich verfolgt werden. Im Supermarkt war ich mir zu fast hundert Prozent sicher, dass mich jemand beobachtet hat. Aber der Schatten verschwand so schnell wieder, dass ich den Gedanken wieder verwarf.

Das ist alles nur wegen meiner Vergangenheit. *Ich hasse es!*

Es ist nun schon über zwei Jahre her, seit meine Eltern nicht mehr da sind. Sie wollten mich vor dem Mann schützen, der sein Versprechen einfordern wollte und mussten mit ihrem Leben bezahlen.

Er sollte mich heiraten, um den Stand unserer Familien auf einen höheren Rang zu setzen. Ich hatte ihn bisher nur einmal gesehen und das ging nicht gut für mich aus. Als ich ihm klar machen wollte, dass ich ihn nicht heiraten werde, stach er mir ohne Vorwarnung ein Messer ins Bein.

Daraufhin verstanden meine Eltern, dass es falsch gewesen war, mich bei so etwas mit hinein gezogen zu haben und sagten die ganze Sache ab. Der Sohn von Ricardo Minelli, Francesco Minelli, fand das jedoch nicht so witzig. Kurzerhand überredete er seinen Vater uns anzugreifen und mich zu einer Hochzeit zu zwingen. Sie stürmten das Haus und in kürzester Zeit verlor ich alles.

Mein Zuhause, meine Identität und am schlimmsten, meine Eltern.

Erschossen wie Vieh auf dem Feld.

Der Gedanke daran, lässt mein Herz jedes Mal aufs Neue brechen. Ich verspüre gleichzeitig Traurigkeit wegen dem Verlust meiner Eltern, aber auch die blanke Wut auf diesen Francesco.

Ich schaffte es noch rechtzeitig, Geld und etwas Kleidung zu packen, bevor ich aus dem Fenster sprang und floh. Zum Glück hat mich mein Vater für solche Situationen trainieren lassen. Als hätte er geahnt, dass so ein Fall irgendwann eintreten könnte. Ich bin schnell, kann schießen und weiß mich zu verteidigen.

Aber darauf hätte mich niemand trainieren können.

Als ich noch in derselben Nacht im Zug nach Harpers Ferry saß, weinte ich wie verrückt. Die Leute sahen mich schräg an, doch es war mir egal. Die Tränen liefen wie ein Wasserfall meine Wangen hinab und ich ließ sie. Ich musste ihnen freien Lauf lassen, sonst wäre ich gestorben. Als ich an meinem Ziel ankam, brannten meine Augen wie Feuer und waren geschwollen. Aber ich fühlte mich besser. Ich atmete die frische Luft ein und merkte, dass es ein Neuanfang war.

Der zwar traurig begann, aber ich hoffte auf ein glückliches Ende.

In den letzten Monaten passierte nichts, sodass ich glaubte, dass meine Existenz vergessen wurde. Ich fing sogar an, mich sicher zu fühlen und genoss mein neues Leben. Vielleicht fand Francesco ein neues Opfer und ich es nicht Wert bin, um danach zu suchen. Ich hatte es so sehr gehofft.

Aber die letzten Tage waren seltsam. Als würde mir einer ständig im Nacken sitzen und auf meine Finger starren. Ich kann mir das doch nicht einbilden, oder werde ich jetzt verrückt?

In meinen traurigen Gedanken gefangen, streife ich meine Schuhe von den Füßen und lasse sie mitten im Flur stehen.

Ich gehe in die Küche und fülle ein Glas mit Wasser, um es in einem Zug leer zu trinken. Ich bemerkte erst jetzt, wie ausgetrocknet meine Kehle gewesen war. Ich entscheide für mich, es heute gut sein zu lassen. Wenn ich mir weiter so den Kopf zerbreche, finde ich heute keinen Schlaf mehr. Wenn es Francesco wäre, würde ich vermutlich schon längst geknebelt im Kofferraum liegen. Er war dafür bekannt, keine Geduld zu haben. Er ist wie ein kleines Kind, das bockt, wenn es seinen versprochenen Lolli nicht bekommt. Dadurch handelt er dann unüberlegt und völlig übertrieben. Also gehe ich einfach davon aus, dass er es nicht ist, der mich verfolgt. *Ich korrigiere, wenn mich jemand verfolgt.*

Mensch Leandra, reiß dich zusammen. Es wird schon nichts sein.

Wenig von mir selbst überzeugt, überquere ich die Küche und steuere das Badezimmer an. Dann lasse ich heißes Wasser und dazu ein Schaumbad, in meine freistehende Badewanne laufen. Währenddessen ziehe ich meine Sachen aus und stecke meine Haare mit einer Spange hoch. Ich steige in die Wanne und seufze wohlig auf, als mich die Wärme umschließt. Dazu der blumige Duft des Schaumbades und ich bin vollends entspannt. Ich denke nicht mehr an heute oder einer möglichen Verfolgung. Gerade gibt es nur noch mich und diese Badewanne. Ich lasse mich tiefer sinken. dass nur noch mein Kopf aus dem Wasser mit Schaum ragt und schließe meine Augen.

Plötzlich höre ich ein Geräusch hinter mir. Ich will mich gerade umdrehen, als keine Sekunde später etwas spitzes gegen meinen Hals gedrückt wird und eine große Hand meinen Mund bedeckt. Warmer Atem streicht über mein Ohr und bringt mich zum Zittern. Jetzt die Bestätigung zu haben, dass ich mich doch nicht geirrt hatte, lässt einen dicken Knoten in meinem Bauch bilden und dieser droht gerade an die Oberfläche zu kommen. Ich muss sauer aufstoßen und bin kurz davor, meinen Mageninhalt in die Wanne zu brechen. Als der Einbrecher zusätzlich noch an meinem Hals riecht und ein genüssliches Geräusch macht, wird es nicht besser. Gänsehaut zieht sich über meinen ganzen Körper. Dann spricht er mit seiner tiefen Stimme zu mir.

„Ganz ruhig, kleine Blume. Wenn du kooperierst, werde ich dir nicht wehtun. Aber wenn du anfängst zu zicken…"

Der Fremde spricht nicht weiter, um den Rest meiner Fantasie zu überlassen, doch drückt mit der Spitze fester gegen mein Fleisch.

Seine Stimme ist sehr dunkel, aber dennoch sanft. Wenn wir

nicht in so einer Situation wären, würde ich schon fast sagen, dass die Stimmfarbe angenehm für meine Ohren ist. Ich wäge meine Optionen ab und merke, wie sich der erste Schock legt. Nun kommt mein Kampfgeist wie gerufen. Wenn ich Glück habe, ist er nicht gekommen, um mich zu töten. Wenn ich mich dem Messer entgegen lehne und er es automatisch zurückzieht, um mich nicht zu verletzen, kann ich dadurch vielleicht Platz schaffen, um meinen Kopf aus seinem Griff zu winden und ihn gleich darauf angreifen zu können. Mit was, werde ich dann spontan entscheiden müssen. Also lehne ich mich leicht nach vorn. Langsam dringt die Spitze in mein Fleisch, weswegen ein kleines Rinnsal Blut meinen Hals hinab läuft. Es brennt, doch ich gebe nicht auf. Auf einmal spricht der Mann erneut mit seiner samtenen Stimme zu mir. Doch diesmal ist sie noch dunkler und bedrohlicher geworden.

„Das würde ich lassen, wenn ich du wäre! Provozier mich nicht, Leandra!"

Elvis

~3~

ls ich ihren Namen ausspreche, zuckt sie für einen Moment zusammen. Ihre Atmung ist beschleunigt, was ich an meiner Hand, die auf ihrem Mund liegt, spüren kann. Ich bin kurz nach ihr leise ins Haus gegangen und habe mich zuerst hinter der Wohnzimmertür versteckt und als sie sich auszog, konnte ich anschließend hinter einen langen Fenstervorhang im Bad, schlüpfen.

Während ich mich versteckte, konnte ich ihre perfekten Rundungen bewundern.

Ich schwöre bei Gott, dass ich beinahe in meiner Scheiß Hose gekommen wäre, wie ein verfluchter Teenager, als sie den Slip über ihren Apfelarsch geschoben hat.

Ich habe schon zu lange keine mehr gefickt. Sollte ich dringend ändern, wenn ich darüber nachdenke, mein potenzielles Entführungsopfer, wie mein Spielzeug zu benutzen.

Aber sie ist wie eine verdammte Rose.

Äußerlich wunderschön, aber versteckt gefährliche Dornen, an denen man sich verletzen kann, wenn man nicht aufpasst. Und das ist eine rattenscharfe Kombi!

Als sie sich gegen das Messer lehnte, war ich etwas verwirrt gewesen, da ich im ersten Moment nicht wusste, was sie damit bezwecken will. Höchstwahrscheinlich denkt sie, ich würde sie nicht töten und wollte sich somit Platz schaffen, um sich anschließend rauszuwinden. Aber bei dem Versuch, verliert sie.

Ich habe sie längst durchschaut.

Sie scheint etwas sagen zu wollen, da sich ihre Lippen an meiner Hand bewegen. Ich gebe ihr die Chance zu sprechen und löse langsam meine Hand.

„Was willst du? Ich habe nichts, dass du mir stehlen könntest." Ihre Stimme ist zart, aber fest. Noch hat sie die Kraft zu kämpfen. Doch wenn ich mit ihr fertig bin, wird sich das schnell ändern. Meine Hand wandert zu ihrem Hals, um es zu umschließen. Mit einer gewissen Stärke drücke ich zu, wodurch ich fühle, wie sie schluckt. Noch immer hat sie diesen Tapferen Ausdruck in den Augen. *Mal sehen, ob ich das ändern kann.* Das Messer in meiner anderen Hand, lasse ich ihren Ausschnitt hinab wandern. Mit nicht zu viel Druck, dass es sie verletzen könnte, aber trotzdem so, dass sie keine Chance hat, zu entkommen.

Meine Nase streicht provokativ über ihren Hals, was ihren Puls noch mehr steigen lässt.

Scheiße, sie riecht sogar wie eine verdammte Rose.

„Ich kann förmlich deine Angst riechen, Blümchen. Sie duftet köstlich, weißt du das?"

„Ich…ich habe keine Angst!"

Ihre Stimme zittert dabei und ich wette, sie verflucht sich dafür. Daraufhin lächle ich teuflisch.

„Ach nein? Dann werde ich die Angst wohl aus dir rauskitzeln müssen!"

Leandra will sich aus meinem Griff befreien, aber dadurch drücke ich nur noch fester zu. Ihre Luftzufuhr ist abgeschnürt und sie krallt sich in meine Hände. Sie beginnt in der Wanne zu strampeln und zu röcheln, aber ich lasse nicht los. Das mache ich so lange, bis ihre Bewegungen fahriger werden. Es macht keinen Spaß mehr, wenn sie sich nicht ordentlich wehrt, also lockere ich meine Hand und lasse sie wieder atmen. Nachdem ich mir sicher bin, dass sie ihre volle Konzentration auf mich gerichtet hat, nehme ich einen tiefen Atemzug und entscheide mich, ihr zu antworten.

„Wie sieht es jetzt mit deiner Angst aus, kleines Blümchen?"

Da sie nichts sagt, aber mehr zittert als vorher, reicht mir das
als Bestätigung und rede unbeirrt weiter.
„Ich will dein Geld nicht. Mein Boss schickt mich, er hat wohl
noch eine Rechnung mit dir offen. Ich werde dich zu ihm bringen und dann ist mein Auftrag erledigt."
Mit bibbernder Stimme fragt sie mich,
„Heißt dein Boss zufällig Francesco?"
„Gut erraten, mein Blümchen. Genug geredet. Es wird jetzt so
laufen, du steigst langsam aus der Wanne und ich lasse dich für
einen Moment los, damit du dir etwas anziehen kannst. Aber
wage es ja nicht, was Unüberlegtes tun zu wollen. Es könnte
böse für dich enden. Haben wir uns verstanden?"
Leandra nickt und ich lasse sie daraufhin los. Erleichtert atmet
sie aus, womöglich weil ich sie jetzt nicht mehr würgen kann.
Aber dass sie sich nicht zu sehr in Sicherheit glaubt, halte ich
das Messer trotzdem weiterhin in Höhe ihres Halses. Sie versteht die Warnung und macht ruhige Bewegungen. Als sie
steht, kann ich es nicht lassen und sie von unten bis oben anzusehen. Was ich mit diesem Körper alles anstellen könnte.
Leandra dreht sich vorsichtig um und sieht mir nun ins Gesicht.
Plötzlich entgleiten ihr die Gesichtszüge und die Schamesröte
tritt Leandra ins Gesicht. Anscheinend gefällt ihr, was sie sieht.

Leandra

~ 4 ~

Was für ein Exemplar eines Mannes...!
Irgendwie erschreckend, dass das mein erster Gedanke ist, als ich das Gesicht des Einbrechers gesehen habe. Eigentlich habe ich ihn mir anders vorgestellt.

Normalerweise sind Einbrecher doch hässlich oder irgendwas dergleichen. Auf keinen Fall so höllisch attraktiv. Sein Gesicht ist auf eine gewisse Art schön, aber wirkt zugleich bedrohlich. Angefangen bei seinen braunen Haaren. Sie sind oben etwas länger und hängen ihm leicht in die Stirn. Meine Hände beginnen zu kribbeln, weil ich seine Strähnen zwischen den Fingern spüren will.

Herrje, was denk ich denn da?

Seine Haut ist beinahe ebenmäßig bis auf ein paar kleine Narben. Er hat eine ausgeprägte Kieferpartie mit vollen Lippen, die von einem gepflegtem drei Tage Bart umrandet werden. Und damit sein Äußeres noch perfekter wird, hat er die blauesten Augen, die ich je gesehen habe. Sie sind so stechend, dass er mit ihnen direkt in meine Seele blickt. Als würde man in einen stürmischen Ozean sehen und kurz daraufhin ertrinken. Mühsam schaffe ich es, mich von ihnen abzuwenden und meine Augen weiter runter, zu seinen Muskeln, wandern zu lassen. Er trägt ein schwarzes T-Shirt kombiniert mit einer ebenfalls schwarzen zerschlissenen Jeans. Dazu schwere Boots. Das Oberteil passt sich perfekt seinem Körper an. Es spannt an den

Armen und zeigt eine schmale Taille.

Ich erwische mich dabei, wie ich ihn anschmachte. Zu meinem Leidwesen, zeigt mir sein wissendes Grinsen, dass auch er weiß, was mir gerade durch den Kopf geht. Peinlich berührt wende ich meinen Blick ab, in der Hoffnung, wenigstens noch ein bisschen Würde zu behalten. Umso mehr wird mir nun bewusst, dass ich hier splitterfasernackt vor ihm stehe. Der Fremde mustert mich ungeniert von oben bis unten und ich fühle mich von Sekunde zu Sekunde unwohler. Normalerweise habe ich kein Problem mit meiner freien Haut, aber unter seiner Beobachtung, fange ich an, mich klein zu fühlen.

Erst jetzt fällt mir auf, dass er noch immer das Messer an meinen Hals hält. Ohne mich aus den Augen zu lassen, greift er neben sich in das Badezimmerregal und zieht ein Handtuch hervor.

"Wickel dich ein, wir müssen los."

Ich reiße ihm förmlich das Handtuch aus der Hand. Erleichtert, endlich etwas am Körper zu haben, was mich halbwegs bedeckt, lässt mich aufatmen. Jetzt, wo ich nicht mehr nackt, wie bei meiner Geburt, bin kommt neuer Mut und mein loses Mundwerk zurück. Ich rufe mir vor Augen, wo dieser Bastard mich gewürgt hat. Für einen Moment vergesse ich wie gut er aussieht.

"Willst du mich Francesco so auf dem Teller präsentieren? Vielleicht noch einen Apfel im Mund, damit es umso leckerer aussieht? Ihr Männer seid doch alle gleich. Nutzt die Scham und Hoffnungslosigkeit einer Frau aus und denkt immer nur ans Vögeln!"

Der Einbrecher hebt nur eine Augenbraue und legt seinen Kopf schief.

"Eigentlich wollte ich dir noch Zeit geben, dass du dich in Ruhe anziehen kannst, aber da du deinen hübschen Mund nicht halten konntest, werde ich dich jetzt so gehen lassen. Und wenn du weiter so machst, stecke ich dir etwas anderes als einen harmlosen Apfel in den Mund!"

Seine letzten Worte lassen mich schlucken.

Ist das sein Ernst? Das würde er doch nicht machen, oder? Andernfalls, er ist in mein Haus eingebrochen, hat mich mit einem Messer bedroht, mich fast bewusstlos gewürgt und wer weiß was sonst noch alles auf mich zukommt. In diesem Moment ärgere ich mich über mein Gesagtes. Wäre ich doch bloß leise geblieben. Ich sehe ihn an und mustere ihn. Warum muss dieser gutaussehende Mann so fies sein?

"Wie heißt du eigentlich?"

Stirnrunzelnd sieht er mich an.

"Ist das denn wichtig?"

"Nun ja, wenn ein Mann mich nackt gesehen hat und noch dazu in mein Haus und meine Privatsphäre eindringt, finde ich schon, dass ich wenigstens den Namen erfahren sollte. Schließlich will ich diesen Namen dann verfluchen, wenn ich zum Scharfrichter geführt werde."

Ein leises Lachen kommt aus seinem Mund, was mir leider viel zu gut gefällt.

"Na wenn das so ist. Elvis."

Belustigt sehe ich ihn an.

"Elvis? Kannst du auch so singen und deine Hüften bewegen?"

Ein dunkler Schatten huscht über seine Augen und lässt diese anschließend glänzen. Irritiert weiche ich ein Stück zurück. Doch da ich noch immer in der Wanne stehe, bleibt mir nicht viel Platz. Ist das etwa Verlangen, was ich in seinen Augen sehe? Ich hoffe nicht, denn ich will ungern in meinem Haus vergewaltigt werden. Elvis sieht mein Zurückweichen als Aufforderung und kommt einen Schritt näher. Die Klinge berührt wieder meinen Hals, aber aus irgendeinem Grund, bleibt die Angst aus.

"Fürs singen habe ich leider kein Talent, aber ich kann dafür andere Sachen richtig gut. Neugierig?"

Ich versuche meine komplette Feindseligkeit in einen Blick zu legen, als ich antworte,

„Eher nicht. Wahrscheinlich kannst du nur irgendwo einbrechen und die weiblichen Einwohner um den Finger wickeln. Du bist vielleicht attraktiv, aber mit der Masche kommst du bei mir nicht weit. Also bringen wir es hinter uns."

Elvis hebt seine Augenbrauen und sieht überrascht aus. Was hat er erwartet. Dass ich mich um seinen Hals schmeiße und ihn alles mit mir machen lasse.

Nicht mit mir!

Elvis zuckt teilnahmslos mit den Schultern.

„Wie du willst."

Kurz darauf sehe ich dabei zu, wie er noch näherkommt und mir die Hand hinhält, damit ich aus der Wanne steigen kann. Meine Füße haben kaum den Boden berührt, da packt Elvis mich völlig unerwartet mit einer Hand am Hals und knallt mich mit dem Rücken gegen die Wand, hinter mir, fest. Luft wird aus meinen Lungen gedrückt und lässt mich dadurch auf keuchen. Sein stahlharter Körper drückt sich gegen meinen und sein Gesicht ist nur wenige Zentimeter von meinem entfernt. Als ich tief einatme, strömt mir sein Duft in die Nase.

Eine Mischung aus Leder und Holz.

Sehr berauschend. So ein Mist.

Mein Blick fällt wie von selbst auf seine Lippen. Sie sind voll und sehen wie fürs Küssen gemacht aus. Die Obere ist dünner als die Untere. Ich konzentriere mich so sehr darauf, dass ich gar nicht merke, wie sie sich bewegen, weil er zu mir spricht. Wie aus einer Trance erwache ich und bemerke, was ich da gerade eigentlich gedacht habe. Schämen sollte ich mich. Elvis seine Worte dringen langsam an meine Ohren und seine Stimme ist messerscharf, wie eine Rasierklinge.

„Sei lieber nicht so frech, kleine Blume! Ich habe Leuten schon für viel weniger die Zunge rausgeschnitten. Es wäre doch schade, wenn wir deine Abschneiden müssten, obwohl wir dafür doch eine viel bessere Verwendung haben könnten, findest du nicht auch?»

Ich blinzle mehrmals hintereinander. Genauso eine Drohung habe ich von Francescos Männern erwartet. Deswegen bin ich wahrscheinlich auch nicht so verängstigt, wie ich es vielleicht sein sollte.

„Fick dich, Arschloch!“

Elvis

~5~

Meine Geduld hängt an einem seidenen Faden und Leandra kürzt diesen Faden immer mehr ein. Ein äußeres wie eine zarte Blume, aber mit einer Zunge, die so frech ist, dass sie ihr noch zum Verhängnis werden könnte.

Ich beuge mich nach vorn und lasse meine Lippen zart über ihr Kinn streichen, was sie seufzen lässt. Nach diesem Geräusch sieht sie mich verstört an, da sie anscheinend nicht glauben kann, was sie da gerade getan hat. Ich hingegen, habe es genossen. Ihre Haut ist weich und lädt mich dazu ein, weiterzumachen. Ich führe meinen Mund bis zu ihrem Ohr.

"Solltest du nicht etwas netter zu mir sein? Normalerweise verhält sich ein Entführungsopfer nicht so. Ich habe schreien und flehen erwartet, aber kein störrisches Miststück."

Als ich meinen Kopf zurücknehme, wagt sie es ernsthaft mich anzugrinsen. Dabei ist eine ihrer Augenbrauen angehoben.

"Ich bin aber nicht wie die anderen. Falls du es noch nicht weißt, ich komme ich aus einer Familie, wo der Tod gang und gebe war. Also wenn wir das hier", sie zeigt mit ihrem Zeigefinger zwischen sich und mir hin und her, "endlich hinter uns bringen könnten..."

Ich lasse sie nicht aussprechen, da ich mein Messer erneut gezogen und an ihre Kehle gelegt habe. Ich beiße die Zähne zusammen, da sie so langsam den Bogen überspannt. Meine Stimme ist kalt, als ich ihr die nächsten Worte ins Gesicht spucke,

"Wenn du in irgendeiner Weise an deinem Leben hängst, würde
ich jetzt lieber still sein! Du kannst froh sein, dass ich es bin
und nicht einer meiner Männer. Die hätten dich schon längst
für dein vorlautes Mundwerk bestraft und nacheinander durch-
gefickt. Oder stehst du auf sowas?"
Plötzlich wird sie weiß um die Nase. Diese Vorstellung scheint
ihr also nicht zu gefallen.
"Was denn? Sprachlos?"
Dabei streiche ich das Messer über ihren Hals hinunter bis zu
ihrem Brustansatz. Eine Gänsehaut zieht sich über ihren gesamten Körper und lässt ihre Nippel fest werden. Ein Anblick
der absolut nicht zu verachten ist. Doch plötzlich tut sie etwas,
dass ich nicht habe, kommen sehen. Eine Ohrfeige, die es in
sich hat, trifft auf meine Wange. Mein Kopf fliegt zur Seite und
ich bin wie erstarrt. Als Leandra bemerkt, was sie da gerade
getan hat, öffnet sie ihren Mund, um irgendetwas sagen zu
wollen, doch bevor es dazu kommt, nehme ich grob ihr Gesicht
in meine Hand und quetsche es zwischen meinen Fingern. Leandra zischt vor Schmerz und ich fühle Genugtuung.
„Trau dich das noch einmal, Leandra und du wirst den nächsten Tag nicht überleben!"
Meine Stimme ist kalt, wie die verdammte Eiszeit und lässt
keinen Zweifel daran, dass ich meine Worte ernst meine. Sie
sagt nichts, aber ich erkenne in ihren Augen, dass sie es verstanden hat.
„Es…es tut mir leid."
Ich lasse ihr Gesicht los und nehme etwas Abstand. Gleichgültig sehe ich sie an.
„Das hilft dir nun auch nicht mehr, Blümchen."
Ich starre auf ihre Brust und sie folgt meinem Blick. Schnell
will sie die Arme heben, um sich zu bedecken.
"Nein, lass sie so! Mir gefällt was ich sehe. Der Anblick macht
deine Handlung von eben etwas erträglicher. Du willst doch
das ich mich besser fühle, nicht wahr?"

Sie nickt schüchtern und dabei umkreise ich weiter ihre Haut
mit der scharfen Spitze.
Kurz darauf erschauert Leandras Körper. Meine Augen treffen
auf ihre, doch da ist keinesfalls Angst zu sehen. Es ist Neugier!
Findet sie etwa Gefallen daran?
Jetzt bin ich verwirrt. Mit Neugier habe ich gar nicht gerechnet.
Zum Test, ob ich mir diese Reaktion bei ihr, doch nicht nur eingebildet habe, lasse ich die Klinge erneut über ihre Haut wandern, aber diesmal gezielt über ihren Nippel. Leandra schließt
für einen Moment die Augen und stöhnt leise. Dieses Geräusch
schießt ohne Umwege in meine Lenden. Keine Sekunde später,
fällt ihr auf was gerade passiert ist. Sie reißt ihre Augen auf
und bedeckt mit der Hand ihren Mund.
"Du kleines ungezogenes Ding!"
Mein Lächeln ist teuflisch, als ich ihre Hand von ihrem Mund
nehme und meine Lippen sachte über ihre Streichen lasse. Es
ist nur eine kurze Berührung, doch sie lässt meinen Körper
kribbeln. Ich kann nur erahnen, wie weich ihre Lippen bei
einem Kuss sein müssen. Augenblicklich verbiete ich mir den
Gedanken. *Sie ist ein Auftrag, mehr nicht!*
Ihre Augen sind weiterhin aufgerissen, doch ich kann einen er-
regten Glanz darin feststellen. Und ich bin mir zu hundert Prozent sicher, dass meine Augen gerade dasselbe widerspiegeln.
Unbewusst beißt sie sich auf die Unterlippe und macht mich
damit nur noch verrückter. Mein Schwanz zuckt vorfreudig
in der Hose, doch ich weise ihn in meinem Kopf zurecht. Das
ist keine Option! Probleme mit Francesco ist das, was ich am
wenigsten will. Auch wenn das bedeutet, dass ich eine nackte,
fast schon zu verführerische Frau, links liegen lassen muss. Als
könnte mich mein Schwanz verstehen, zuckt er ein letztes Mal
und bleibt weiterhin eisenhart. Wenn mich zuhause kein guter
Fick erwartet, drehe ich noch durch!
Widerwillig lasse ich meinen Blick von Leandra ab und deute
aus dem Badezimmer zu ihrem Kleiderschrank.
"Zieh dich an. Wir müssen los!"

Seit wann ist meine Stimme so kratzig?
Für einen kurzen Moment huscht Enttäuschung über ihr Gesicht. Das muss ich mir jetzt aber eingebildet haben. Sie reckt ihr Kinn und läuft schnurstracks an mir vorbei. Ein leises, "Na endlich", kommt aus ihrem Mund und ich greife sie noch einmal am Ellbogen, um sie zu mir zu drehen.
"Vorsicht, kleine Blume! Ich kann es mir auch ganz schnell wieder anders überlegen und dann wirst du mich nicht mehr so lüstern anstarren."
Ihr Mund öffnet sich, wahrscheinlich um es abzustreiten, doch wir beide wissen es besser, weswegen ich sie nicht zu Wort kommen lasse und von mir wegstoße. Ohne weiter darauf einzugehen, fügt sie sich und geht hinaus. Ich folge ihr, nachdem ich meine Erektion in der Hose gerichtet habe. Leandra zieht sich kurze Sportshorts und einen weiten Hoodie über. Dann schlüpft sie in weiße Sneakers und bindet ihre feuchten Haare zu einem strammen Pferdeschwanz. Als sie mit allem fertig ist, dreht sie sich zu mir um und sieht mich abwartend an. Mit gemächlichen Schritten gehe ich auf sie zu. Sie versteift sich und ich sehe es ihr an, dass sie am liebsten zurückweichen will. Doch sie bleibt stark. Direkt vor ihr bleibe ich stehen, packe Leandra an den Schultern und ziehe sie ruckartig zu mir. Verunsichert sieht sie zu mir auf.
"Keine Spielchen, ich warne dich! Wir gehen jetzt auf die andere Straßenseite, wo mein Auto steht. Wehe, du unternimmst irgendeinen Versuch zu entkommen. Kein Schreien, wegrennen oder sonst einen Mist, verstanden?"
Leandra nickt.
"Gut. Jetzt gib mir deine Hand."
Sie tut was ich sage, aber ich weiß, dass sie mir am liebsten die Augen auskratzen möchte. Ich nehme ihre Hand und verschränke sie mit meiner. Ich drücke nicht zu fest, aber so, dass ich sie festhalten kann, falls sie etwas versuchen sollte. Ohne noch etwas anderes mitzunehmen, laufen wir geradewegs auf die Haustür zu. Zum Glück hatte ich soweit gedacht und mein

Auto hier abgestellt, bevor ich Leandra heute verfolgte. Wir
treten aus der Tür und sie verschließt sie hinter uns. Wir gehen
durch den Vorgarten und anschließend über die Straße. Als
ich gerade den Autoschlüssel, für meinen schwarzen BMW,
in meiner Hosentasche suche, will Leandra den Moment nutzen, um sich loszureißen. Ein alter Mann, wahrscheinlich ein
Nachbar, läuft an uns vorbei und beobachtet neugierig das Geschehen. Bevor sie jedoch etwas sagen oder tun kann, reagiert
mein Körper schneller. Ich packe sie an der Hüfte, presse sie
mit meinem Körper gegen das Auto und drücke meine Lippen
auf ihre. Sie ist so überrascht, dass sie völlig in meinen Armen
erschlafft und mich machen lässt. Der Typ scheint meine Handlung zu verstehen. Er murmelt irgendwas, dass stark nach “Die
Jugend von heute” klingt und geht dann weiter. Ich scanne mit
meinen Augen, soweit es geht, die Umgebung. Als ich keine
weitere Gefahr mehr ausmachen kann, fange ich endlich an,
mich auf Leandras Lippen zu konzentrieren. Ich bin noch nicht
bereit, mich von ihnen zu lösen. *Diese weichen, zarten Lippen.*

Leandra

~6~

Ich kann mich nicht bewegen.
Es ist, als würde ich in einer Art Schockstarre sein. Dieser Mann riecht mehr als nur gut und scheint genau zu wissen was er will. Das kann ich an der Art, wie er seine Lippen bewegt, erahnen. Als er mich vorhin mit dem Messer reizte, hätte ich für einen kurzen Moment am liebsten um mehr gebettelt. Doch in der nächsten Sekunde, schämte ich mich für diesen Gedanken. Elvis will mich entführen und zu Francesco, meinem größten Alptraum, bringen. Ich darf ihn nicht anziehend finden. Mein Kopf muss bei der Sache bleiben!
Ich habe bei diesem Kuss noch immer meine Augen geöffnet und sehe Elvis schockiert an. Dass er es wirklich wagt, meine Lippen mit seinen zu berühren. Ich will ihn von mir stoßen, weil ich weiß, dass es falsch ist. Aber mein Körper schreit nach mehr! Da ich nichts gegen ihn unternehme, sieht er das wahrscheinlich als Aufforderung und stupst meine Lippen mit seiner Zunge an. Die Berührung ist hauchzart, aber sie sendet tausend kleine Stromstöße durch meinen Körper. Bevor mein Kopf entscheidet, öffnet sich schon mein Mund und gewährt ihm Einlass. Wie von selbst schließen sich meine Augen und ich lasse mich fallen. Instinktiv heben sich meine Arme und legen sich um seinen Nacken. Ich ziehe ihn dadurch näher zu mir heran. Elvis packt mich daraufhin fester mit seinen großen Händen, als würde er mich nicht mehr loslassen wollen. Siedend heiß, brennt sich seine Berührung in meine Haut. Er schiebt mich näher ans Auto und drückt sich gegen mich, bis nicht mal mehr

ein Stück Papier zwischen uns passen würde. Unsere Zungen tanzen heftig miteinander und kosten den Geschmack des anderen. Seine Zunge ist genauso herrisch, wie er selbst. Fügen soll ich mich ihr und tue es sogar gerne. Ich bekomme kaum noch Luft, da er mir die Luft zum Atmen nimmt. Ich stehe zwischen seinen Beinen und kann eine deutliche Ausbuchtung in seinem Schritt spüren. Ein kleines Seufzen kommt aus meinem Mund. *Dieser Kuss könnte mich süchtig machen, wenn ich nicht aufpasse.*

Als der Gedanke kommt, merke ich, was ich hier gerade tue. Ich bin dabei, mich meinem Entführer hinzugeben. Als hätte ich mich verbrannt, lasse ich ihn los. Enttäuschung huscht für einen Augenblick über sein Gesicht, doch der Ausdruck ist so schnell verschwunden, wie er gekommen war. Er streicht mir mit seinem Daumen über die Unterlippe und leckt sich gleichzeitig seine Lippen, als würde er den letzten Geschmack von mir noch einmal schmecken wollen. Dann kommt ein kurzes Brummen aus seiner Kehle mit einem anschließenden „Schade."

Nur mit größter Mühe unterdrücke ich den nächsten Seufzer. Diese Geste war einfach zu sexy.

Abrupt lässt er von mir ab, blickt sich um und hebt mich ruckartig auf seine Schultern. Ich quietsche erschrocken auf und hämmere ihm auf den Rücken.

„Lass mich sofort runter!"

Elvis lacht leise, wodurch ich die Vibration an meinen Fingern spüren kann, da sie noch auf seinem Rücken liegen. Dann legt er seine Hand auf meinen Po und raubt mir mit dieser Berührung erneut den Atem. Die Wärme seiner Hand an einer Stelle zu spüren, die nicht weit entfernt von meinem Lustpunkt ist, lässt mich schwach werden.

Was hat der Mistkerl nur mit mir gemacht?

Ich habe mich so auf seine Hand konzentriert, dass ich nicht mitbekomme, was er vorhat. Keine Sekunde später, liege ich im Kofferraum, mit den schlimmsten Flüchen auf der Zunge,

die er sowieso nicht mehr hört, weil er die Klappe geschlossen
hat. Es ist eine Autotür zu hören und im nächsten Moment startet auch schon der Motor.
Ich gebe mir selbst die Schuld.
Wie konnte ich diesen Kuss nur zulassen und ihm dadurch
Macht über mich und meinen Körper geben. Ein Plan muss her,
und zwar schnell. Denn wenn wir am Ziel ankommen, weiß
ich nicht wie lange es noch dauert, bis ich unter der Erde liege.
Francesco ist schließlich nicht für seine Liebenswürdigkeit bekannt. Ich habe es am eigenen Leib erfahren.
Keine Ahnung, wie lange wir schon unterwegs sind. Hier drin
verliert man jegliches Zeitgefühl. Wir sind hin und wieder über
hügelige Straßen gefahren, was mich vermuten lässt, dass Francescos irgendwo abseits wohnen muss. Das passt mir persönlich aber so gar nicht. Denn Landschaft bedeutet, man würde
mich schneller finden, wenn mir tatsächlich ein Ausbruch ge-
lingen sollte. Und ich könnte nicht so schnell Hilfe bekommen,
denn wer weiß, wie weit die nächsten Nachbarn entfernt sind.
Mein erster Versuch war gewesen, gegen das Mittelteil der
Hintersitze zu treten, aber leider bewegten die sich kein Stück.
Irgendwann gab ich es auf, da ich mir auch ziemlich sicher
war, dass Elvis meine Ausbruchsversuche mitbekam.
Das Auto ruckelte noch paar Mal, sobald wir über Steine fuh-
ren, bis wir plötzlich abrupt stehen blieben. Dann höre ich eine
Autotür und mache mich schon innerlich gefasst, jeden anzugreifen, der mich aus diesem Kofferraum herausholen will.
Doch es bleibt alles still. Nach gefühlt ewigen Minuten öffnet
sich langsam der Kofferraum. Ich habe mich extra so hingelegt,
damit meine Beine nach draußen zeigen. Als die Klappe nun
so weit geöffnet ist, dass ich einen Bauch sehen kann, schlage
ich zu. Mit voller Wucht trete ich nach der Person und treffe zu
hundert Prozent. Es ist nur noch ein Ächzen zu hören, doch ich
gebe diesem Geräusch keine Beachtung. Ich springe aus dem
Auto und hechte los. Ein Schrei ist von Elvis zu hören und es
klingt nicht gerade freundlich.

„Bleib stehen, verdammt!"

Also war er es, den ich erwischt habe. Er hätte ahnen müssen, dass ich mich wehren würde, sobald er mich da rausholt. Erst jetzt analysiere ich die Umgebung und bemerke die wenigen Bungalows, die verteilt auf einer großen Wiese stehen. Leider ist auf die Schnelle niemand zu sehen, der mir hätte helfen können und bis zum ersten Bungalow ist es noch ein Stück. Aber ich gebe nicht auf. Ich klopfe wie verrückt an der ersten Tür, doch niemand ist da oder macht auf. Als ich es beim nächsten versuchen will, höre ich Schritte hinter mir. Es sind seine, ich weiß es! Mein Herz klopft, wie verrückt und meine Kraft droht, nachzulassen.

Ich drehe mich um und sehe, wie Elvis immer näherkommt.

Nein, nein, nein...er darf mich nicht kriegen!

Doch ich habe keine Chance.

Es wären nur noch wenige Meter bis zum nächsten Bungalow gewesen, als Elvis mich einholt und an den Armen zurückzieht. Genau in dem Moment, kommt ein Mann aus der Tür spaziert. Ich will schreien und mich bemerkbar machen, da legt Elvis seine Hand auf meinen Mund und drückt mich an seine Brust. Er läuft mehrere Schritte rückwärts, bis wir uns hinter dem Haus verstecken können. Er drückt mich brutal mit dem Rücken gegen die Wand. Das Holz ist unangenehm, aber ich habe gerade andere Sorgen. Große Traurigkeit erfüllt mich, da dieser Mann womöglich meine einzige Chance gewesen ist, hier wegzukommen.

"Wenn du nicht willst, dass er für dich stirbt, bist du jetzt ruhig!"

Seine Stimme klingt gelassen, aber dafür umso bedrohlicher, sodass es mir eiskalt den Rücken hinab läuft. Seine blauen Augen fixieren erst mich, bis er den Mann beobachtet, der knapp an uns vorbeiläuft. Elvis sein Duft strömt in meine Nase, da er sich näher an mich lehnt, um mich zu verdecken. Beinahe seufze ich und hasse meinen Körper dafür, dass er immer wieder auf ihn reagiert. Wie kann ein Mann nur so verflucht gut

riechen. Es ist wie ein beschissenes Aphrodisiakum. Als er mir wieder seine volle Aufmerksamkeit schenkt, bekomme ich automatisch eine Gänsehaut, als wüsste mein Körper schon vorher, dass gleich etwas Unschönes passieren wird. Es war eine dumme Idee gewesen, gleich zu verschwinden.
Elvis seine tiefe Stimme zieht mich aus meinen düsteren Gedanken.
"Du hast einen großen Fehler gemacht, kleine Blume! Diesen Schritt wirst du bereuen!"

Elvis

~7~

Wut ist in diesem Moment nicht der passende Ausdruck, für meine Gefühle!

Was denkt die Kleine eigentlich mit wem sie es hier zu tun hat? Ich bin kein beschissenes Schoßhündchen den sie streicheln kann, ohne dabei das Risiko einzugehen, gebissen zu werden. Ich hätte ahnen müssen, dass sie versuchen würde zu fliehen. Was weiß ich, wo mein Kopf da gerade war. Aber dass sie wirklich so dumm war und mir auch noch in den Bauch tritt, war ihr Todesstoß! Mein Blümchen ist gerissen, dass muss ich ihr lassen, aber dafür nicht schnell genug. Zugegeben, ich hätte sie schon vorher einholen können, aber dieses Katz und Maus Spiel gefiel mir irgendwie. Ist mal was anderes, als die Leute zu fangen und anschließend zu töten. Erst recht, wenn die Beute so reizend ist.

Umso neugieriger bin ich, was Francesco mit ihr vorhat, denn ich glaube nicht, dass Leandra sich ihm freiwillig hingeben wird. Dafür ist sie viel zu stur und kratzbürstig. Mir sollte es egal sein, aber das Blümchen macht Spaß. Mal sehen was ich auf der Reise noch an Spaß rausholen kann.

Seit ich ihr gedroht habe, geht ein leichtes Zittern von ihr aus. Sie sollte auch Angst haben, denn diesmal hat sie den Bogen überspannt. Am Kragen gepackt, zerre ich sie neben mir her. Wir halten paar Häuser weiter vor einem Bungalow, den ich eben extra gemietet habe. Ich habe nach einem Haus gefragt, wo ringsherum aktuell nichts bewohnt ist. An der Rezeption

erzählte ich, dass ich mit meiner Frau den ersten Urlaub mache
und niemanden in der Umgebung stören wollen. Dabei zwin-
kerte ich ihr zu, woraufhin die Rezeptionistin lachte und mir
den Schlüssel gab.
Wir bleiben vor der Tür stehen und Leandra sieht verängstigt
zu mir auf.
„Was hast du jetzt mit mir vor? Du weißt, dass ich versuchen
musste, zu fliehen. Ich kann mich nicht einfach dem Schicksal
fügen.,,
Ich halte einen Finger vor meine Lippen, um ihr zu signalisieren, dass sie besser ruhig sein soll. Ich bin so schon auf hun-
dertachtzig. Da hilft ihr Gequatsche nicht gerade.
„Mir ist völlig egal, aus welchem Grund du das tun musstest.
Du hast mich verärgert und jetzt musst du mit den Konsequen-
zen klarkommen.“
Gleich darauf öffne ich die Haustür mit dem Schlüssel und
schubse Leandra fest hinein. Da die Bungalows sehr klein
sind und eigentlich nur aus einem großen Zimmer bestehen,
fällt sie, nach wenigen Metern, auf die Couch. Leandra dreht
sich zu mir um und krabbelt hastig auf der Sitzfläche so weit
zurück, bis sie die Lehne an ihrem Rücken spürt. Mit einem
Schritt trete ich ein und schließe die Tür mit meinem Fuß.
Dann drehe ich, extra langsam, den Schlüssel im Schloss und
lasse diesen in meine hintere Hosentasche gleiten. Ich trete gemächlich einen weiteren Schritt auf mein hübsches Blümchen
zu und kann von hier aus sehen, wie sich Leandras Atmung
beschleunigt.
„Was…was soll das werden?“
Gott, diese Angst in ihrer Stimme, törnt mich an! Mein Lächeln
ist teuflisch, als ich ihr antworte.
„Was glaubst du denn, Kleines? Was malt sich dein hübsches
Köpfchen denn gerade aus?“
Ich trete noch einen Schritt vor und Leandras Augen huschen
hin und her, um einen Fluchtweg zu suchen. Aber da muss
ich sie enttäuschen. Mit einem Satz bin ich bei ihr, weswegen

sie erschrocken aufschreit. Ich halte ihr mit meiner Hand den Mund zu und führe mein Gesicht nah an ihres, sodass mir ihr betörender Duft in die Nase steigt.

„Psst…! Du willst doch nicht, dass die Nachbarn denken, wir veranstalten hier kranke Sexspielchen, oder? Schließlich stehst du im Gästebuch als meine Frau drin."

Ihre Augen weiten sich, bis ein kleines Glucksen ihren Hals verlässt. Mit hochgezogenen Augenbrauen entferne ich meine Hand von ihren Lippen.

„Hast du etwas zu sagen?"

Das kleine freche Ding fängt ernsthaft an zu lachen.

„Wenn die Leute uns echt abnehmen, dass wir verheiratet sind, dann verliere ich echt den Glauben an die Menschheit. Es sieht doch wohl jeder Blinde, das wir uns nicht ausstehen können."

„Da magst du wohl recht haben, aber bei dem Kuss warst du auch nicht abgeneigt. Ein gutes Beispiel, um zu zeigen, dass man sich nicht mögen muss, um miteinander Spaß zu haben."

Dann zwinkere ich ihr zu, was sie erröten lässt. Erwischt, würde ich mal sagen.

„Das war was anderes, da hast du mich überrumpelt. Und ich muss jemanden sehr wohl mögen, um mit ihm gewisse Dinge zu tun."

Ich beuge mich nach vorne, damit sich Leandra wieder nach hinten lehnen muss und nicht ausweichen kann. Unsere Münder sind nur wenige Zentimeter voneinander entfernt, doch die Nasenspitzen berühren sich schon leicht.

„Also magst du mich? Denn du hast den Kuss genossen, dass kannst du nicht abstreiten. Sag mir, wenn ich dich jetzt wieder küssen würde, wärst du dann erneut überrumpelt? Schließlich warne ich dich gerade vor."

Blümchens Stimme ist nur noch ein Flüstern.

„Nein! Nein, ich mag dich nicht. Du bringst mich völlig durcheinander. Außerdem habe gar keine Chance auszuweichen. Du bedrängst mich regelrecht."

Mit ihrem ersten Satz ist sie nicht allein. Sie bringt hier ebenfalls alles durcheinander. Meine Augen huschen auf ihre Lippen, die so voll und einladend sind, dass ich mich kaum noch beherrschen kann. Aber ich halte mich zurück und gebe ihr den gewünschten Freiraum. Es ist nur ein kleines Stück, aber das sollte reichen.

„Und wie ist es jetzt?"

Meine Stimme ist rau geworden, da Leandras Nähe, mich ebenso wenig kalt lässt. Sie nickt, doch ihre Augen huschen ebenfalls auf meine Lippen. Ich kann die Zerrissenheit in ihren Augen sehen. Einerseits wünscht sie sich, dass ich sie küsse, andererseits will sie mich am liebsten von sich stoßen. Es ist genau dasselbe, was ich fühle. Als ich ganz deutlich ihren Atem auf meinen Lippen spüre, sehne ich mich nach diesem Kuss. Ich bin mir zu hundert Prozent sicher, dass der Kuss von vorhin nur ein Vorgeschmack auf das war, was meine hübsche Blume zu bieten hat. Mein Mund öffnet sich, in der Hoffnung, gleich Leandras Zunge zu empfangen und schmecken zu können. Mir wird ganz heiß und ich kann es kaum erwarten. Plötzlich klingelt mein Telefon und wir beide zucken zusammen. Wie von der Tarantel gestochen stehe ich auf und sehe ein letztes Mal in ihr Gesicht. Ihre Wangen sind gerötet und der Mund noch geöffnet, bereit mich zu empfangen. Mit glasigen Augen sieht sie zu mir auf, die nach purer Lust schreien. Ich beiße mir auf die Innenseite meiner Wange, um nicht doch das Handy wieder wegzustecken und Leandra einfach um den Verstand zu vögeln. Und verdammt, ich will sie gerade so sehr ficken!

Genervt sehe ich auf mein Telefon und bin noch angepisster, als ich sehe, wer es ist. Dementsprechend gehe ich ans Telefon. Mein Ton lässt keinen Zweifel daran, dass ich sauer bin.

„Sinclair, was gibt's?"

Die vertraute Stimme meines einzigen Freundes kommt aus dem Lautsprecher.

„Hallo, Sonnenschein. Bist du schon unterwegs? Der Boss wird ungeduldig."

„Halts Maul, Sinclair. Wir mussten eine Rast machen. Es ist

spät in der Nacht und sind drei Stunden gefahren. Ich wollte kein Risiko eingehen, von Polizisten angehalten zu werden, denn mein Passagier ist nicht gerade leise. Morgen in der Früh geht es weiter. Dann sind wir vormittags da."
Sinclair atmet erleichtert aus.
„Da hat aber wer schlechte Laune. Sieh einfach zu, dass ihr morgen da seid. Nicht das Francesco seine Wut an dir auslässt. Du weißt, wie er ist."
„Schon gut. Ich gehe jetzt schlafen. Wir sehen uns morgen."
Ich lege auf, ohne mich von ihm zu verabschieden. Sinclair ist wie ein großer Bruder für mich. Manchmal lässt er das nur etwas zu sehr raushängen und denkt das er mich vor allem beschützen kann, aber ich bin längst keine zwölf Jahre mehr. Wir haben zusammen auf der Straße gelebt, bis Francescos Vater uns aufnahm. Der war um einiges umgänglicher als sein Sohn. Francesco hat etwas Irres an sich. Er hat absolut keine Geduld und benimmt sich wie ein kleines Kind, das kein Eis bekommen hat, wenn etwas nicht so funktioniert wie er will. Meistens komme ich aber mit ihm klar, doch es gab auch schon welche, die der Meinung waren sich gegen ihn stellen zu müssen. Wir sahen sie nie wieder.
Da ich mich beobachtet fühle, drehe ich mich um und sehe Leandra, die dem Gespräch mit gespitzten Ohren zugehört hat.
„Deine Strafe muss warten. Wir gehen schlafen, damit wir morgen fit sind. Ich glaube nicht, dass Francesco eine müde und zickige Frau will. Aber freu dich nicht zu früh. Deine Strafe werde ich nicht vergessen!"

Leandra

~8~

Womit habe ich das nur verdient!

Ich war ein gutes Mädchen und trotz meines Umfelds immer höflich, zuvorkommend und nett gewesen. Wieso habe ich es verdient, zu einem Mann verfrachtet zu werden, der mich höchstwahrscheinlich nur vergewaltigen und am Ende noch umbringen will. Es hat doch schon gereicht, dass meine gesamte Kindheit für ‚n Arsch war und meine Eltern anschließend noch getötet wurden. Warum ist mir kein Glück vergönnt? Ich hänge hier mit einem Mann fest, der mir in einem anderen Leben vielleicht sogar gefallen hätte. Aber nein, er muss mein Entführer sein und mich in mein Verderben schicken.

Da es Nacht ist und keine Lampe an ist, sehe ich überhaupt nichts. Er hat meine Hände mit Handschellen am Bettrand fest gemacht, sodass ich unbequem mit dem Rücken an der Wand lehnen muss. Elvis liegt dicht neben mir. Ich kann seine Präsenz fühlen und es ist, als würde ich seine Augen auf mir spüren. Sein Arm berührt mich am Bein. Wahrscheinlich um sicherzugehen, dass ich auch weiterhin neben ihm bin. Da eine Flucht aussichtslos erscheint, versuche ich etwas zu schlafen, um Kräfte zu sammeln. Aber das ist leichter gesagt als getan. Das Geländer, wo die Handschellen dranhängen, sitzt viel zu hoch, dass es mir unmöglich ist, mich hinzulegen, geschweige denn, bequemer hinzusetzen.

"Kannst du mal stillhalten?"

Ich zucke zusammen, als Elvis tiefe Stimme die Stille durchbricht. Ich bin angepisst, dass er neben mir liegen und schlafen kann und ich mich hier quälen muss. Dementsprechend zickig ist meine Tonlage.

"Du hast leicht reden. Du bist nicht gefesselt wie eine Gefangene. Nicht mal richtig hinsetzen kann ich mich."

Elvis atmet langgezogen aus, bevor er aufsteht, das Licht auf dem Nachtschränkchen anknipst und den Schlüssel aus seiner Hosentasche auf einem Stuhl holt. Er kommt zu mir zurück und setzt sich auf meine ausgestreckten Beine. Von der einen auf die andere Sekunde, schnellt mein Puls in die Höhe. Leichte Panik ergreift mich.

"Was...was hast du vor?"

Schon wieder klinge ich, wie ein winziges Mäuschen, dass sich nicht zur Wehr setzen kann. *Ich hasse es!*

Elvis beginnt an den Handschellen rumzufummeln, als er innehält und mich von oben herab ansieht. Seine eisblauen Augen durchdringen mich und lassen einen Schauer über meinen Rücken laufen. Sie ziehen mich an, wie die Motten das Licht. Man kann sich diesem Blick nur schwer entziehen. Wir schauen uns noch ein kleines Weilchen an, bevor er beginnt leise zu sprechen.

"Ich binde dich los und mach es für dich bequemer. Das wolltest du doch, oder?"

Ich nicke, da meine Stimme plötzlich versagt. Er ist mir so nah, dass ich meinen Blick auf seine nackte Brust hefte. Meine Augen gehen tiefer zu den schiefen Bauchmuskeln und den Härchen, die in verbotenes Terrain führen. Als ich mir unbewusst auf die Unterlippe beiße, spüre ich auf einmal, wie sich etwas in Elvis seiner Hose regt. Ohne es aufhalten zu können, sehe ich auf die Stelle. Auch Elvis entgeht nicht, dass mir seine Erektion aufgefallen ist. Unsere Blicke treffen sich und er lächelt mich verführerisch an. Mit einem Schlag wird mir heiß und kalt.

"Neugierig, kleine Blume?"

Ich will meinen Kopf schütteln, aber als hätte er ein Eigenleben entwickelt, nicke ich.

Bevor ich mir darüber weiter Gedanken machen kann, steigt Elvis von meinen Beinen.

"Rutsch runter, sodass du liegen kannst."

Unsicher was er vorhat, tue ich was er sagt. In einer gemütlichen Position greift Elvis meinen linken Knöchel und befestigt die Handschellen daran, um sie kurz darauf am unteren Bettgeländer zu befestigen. Mir hätte es klar sein müssen, dass er mich nicht einfach so frei lassen würde, aber ein kleiner Hoffnungsschimmer war trotzdem da gewesen. Elvis geht auf seine Seite des Bettes und schaltet das Licht wieder aus. Völlige Dunkelheit umhüllt mich. Um nicht weiter über die bisherige Situation nachzudenken, schließe ich meine Augen und versuche etwas zu schlafen. Ich bin schon leicht eingedöst, als ich eine sanfte Berührung am Knie spüre. Schlagartig sind meine Augen geöffnet, doch sehen tue ich noch immer nichts. Die Berührung ist leicht und dadurch entspannend. Seine Finger streicheln sachte über meine Haut und bringt sie zum Kribbeln. *Was hat er vor?*

"E...Elvis?"

"Psst...nicht reden!"

Sein Atem ist an meinem Hals und lässt meinen Körper vibrieren. Elvis berührt meinen Hals mit seinen Lippen und wandert gleichzeitig mit seiner Hand höher. Jede Bahn, die er mit seinem Finger entlangfährt, hinterlässt eine heiße Spur, die mir meinen Schritt pulsieren lässt. Ich nehme ein Stöhnen wahr...es ist kurz, begierig und flehentlich. *Kam das etwa von mir?* Das hier darf ich nicht wollen. Aber kann etwas falsch sein, wenn es sich einfach zu gut anfühlt? Als seine Fingerkuppen die kurze Hose an meiner Mitte streifen, halte ich die Luft an. In meinem Magen entsteht ein Tumult. Seine Lippen verwöhnen weiter meinen Hals. Seine Zunge neckt meine Haut und saugt daran. Manchmal beißt er sogar leicht hinein, was immer wieder neue Blitze durch meinen Körper schießen lässt.

"Ich wusste es! Du hast es ebenfalls gespürt, nicht wahr Kleines?"

Mehr als ein Nicken, bringe ich nicht zustande, denn in diesem Moment schiebt er die störende Hose beiseite und streichelt meine nackte Scham. Er berührt kurz meine Klit, zwickt in meine Perle, was mich noch feuchter werden lässt und steckt ohne Vorwarnung einen Finger in mich hinein. Ich keuche überrascht auf und kann das Gefühl nicht in Worte fassen. Meine Geräusche werden lauter und lauter, als er mit seinem Finger schneller und schneller wird.

"So ist es gut. Deine Lust gehört mir, mein Blümchen. Vergiss das nicht!"

Seine Worte treiben mich nur noch mehr an. Ich nicke, woraufhin Elvis stoppt.

"Was sollst du nicht vergessen?"

Mein Kopf ist gerade Matsch, da mein Körper nur noch an den herannahenden Orgasmus denken kann. Aber da Elvis nicht daran denkt weiterzumachen, bis er das gehört das, was er will, versuche ich mich an seine Aufforderung zu erinnern.

"Meine...meine Lust gehört dir!"

Er lacht und von diesem leisen Lachen bildet sich ein schmerzhaft heißer Knoten in meinem Bauch. Alles an diesem Mann ist so verflucht attraktiv und gleichzeitig so gefährlich, dass man sich sofort die Finger verbrennt, wann man ihn zu nah an sich ranlässt. Ich weiß genau, dass es bei diesem einem Mal bleiben wird und er mich dann an Francesco übergibt und meinem Schicksal überlässt. Aber ich kann nicht anders. Ich begehre diesen Mann und das wahrscheinlich schon, seit er mich mit dem Messer bedroht hat. Es war so aufregend und hat einen, mir vorher unbekannten, Trieb ausgelöst. Das Spiel mit dem Feuer habe ich vorher schon beherrscht, mal sehen, wie lange es dauert, bis ich mich verbrenne. Elvis nimmt seine Handlung wieder auf und beginnt erneut seine Finger in mir zu bewegen. Damit katapultiert er mich in eine neue Welt der Lust, die durch meinen Körper strömt. Überall verteilt sich Gänsehaut

und das Kribbeln in meinem Unterbauch nimmt immer rasanter
zu. Als ich es kaum noch aushalte, versuche ich Elvis in der
Dunkelheit auszumachen. Ich ertaste mit den Fingern sein Gesicht, bis ich es gefunden habe.
Ich brauche ihn. Einen Kuss.
Also lege ich meine Hände in seinen Nacken und ziehe so sein
Gesicht vor meines. Ich warte nicht länger und lege meine
Lippen auf seine. Ein tiefes Brummen ertönt aus seiner Brust.
Daraufhin greift er mit der freien Hand meinen Hinterkopf und
zieht mich näher zu sich heran, sodass ich nicht mehr ausswei-
chen könnte. Nicht das ich das will. Diese grobe Art ist es, die
mich über die Klippe springen lässt. Die Welle, dieses Höhe-
punktes treibt mich weit hinaus. Als sich unsere Zungen berühren, stöhne ich ihm regelrecht in den Mund, den er mit einem
nächsten Zungenschlag erstickt. Seine Zunge rückt ohne Umschweife in meinen Mund, so als würde er ihm gehören. Es ist
nur weiches Fleisch mit sachten Berührungen, aber es macht so
verdammt viel mit mir und meiner Lust. Jeder Stoß mit seinem
Finger, bringt mich näher an meine Grenzen. Als ich merke,
dass meine Scham zu brennen beginnt, lege ich meine Hand
auf seine.
"Bitte, ich kann nicht mehr."
Wieder dieses sexy Lachen, dass mich wahnsinnig macht.
"Ich bestimme, wann du nicht mehr kannst. Denk dran was ich
dir vorhin gesagt habe, deine Lust gehört mir!"

Dabei streicht er mit seiner Hand gemächlich über meinen
Hals. Dann fängt er an, mein Schlüsselbein zu küssen. Er hebt
mein Oberteil hoch und küsst danach meinen Bauch. Elvis
bahnt sich quälend langsam einen Weg nach unten. Als ich
ihn nicht mehr spüre, bekomme ich für einen Moment Angst,
dass es schon vorbei sein könnte, doch dann zieht er meine
Hose samt Unterwäsche mit einem Ruck nach unten, sodass
ich untenrum nackt vor ihm liege. Kurz will ich mich schämen,
bis mir einfällt, dass er mich genauso wenig sehen kann, wie

ich ihn. Bevor ich seinen nächsten Schritt erfragen kann, fühle ich seine Zunge auf meiner empfindlichen Perle. Ich zucke bei jedem Zungenschlag zusammen, da es anfangs nicht angenehm ist, aber nach einer Weile wird es besser. Irgendwann bin ich wieder so erregt, als hätte ich noch keinen Orgasmus gehabt. Ich kann nichts weiter tun, als mich an seinem Kopf festzukrallen und meine Erregung hinauszuschreien.

Elvis

~9~

Ich weiß nicht, was in mich gefahren ist!
Als sie neben mir lag, umhüllt von dem verführerischen
Duft, den sie ausströmt, konnte ich nicht anders und musste den Drang, sie zu berühren, nachgeben. Mein eigent-
licher Plan war gewesen, die Finger von ihr zulassen. Aber als
ich dann die Handschellen an ihren Handgelenken entfernte
und mich auf ihre Beine gesetzt habe, damit sie nicht nach mir
treten konnte, war es dieser eine Körperkontakt gewesen, der
fehlte, um meine Selbstbeherrschung vergessen zu lassen.
Und verflucht, es hat sich scheiße nochmal gelohnt!
Diese weiche Haut zwischen ihren Schenkeln.
Diese kleinen Laute, wenn sie kurz vor einem Höhepunkt steht.
Jede Zelle von Leandra ist purer Genuss. Wer wird da bitte
nicht schwach?
Nur ficken darf ich sie nicht. Das ist eine Grenze, die ich nicht
überschreiten kann. Denn wenn ich diese Grenze einmal über-
quert habe, weiß ich nicht, ob ich sie dann noch an Francesco
übergeben will. Und das ist keine Option. Sonst würde mein
eigenes Leben, dass ich mir so hart erarbeitet habe, auf dem
Spiel stehen. Außerdem würde ich es begrüßen, noch ein paar
Jahre länger zu Leben. Aus diesem Grund werde ich nur von
Leandra kosten. Ein Häppchen, damit sie mir noch eine kleine
Weile in Erinnerung bleibt.
Als ihr Geschmack meine Zunge trifft, explodieren meine Ge-
schmacksknospen regelrecht. Sie schmeckt so verdammt süß

und duftet überall nach Rosen. Macht sie das mit Absicht? Mich mit diesem Duft verrückt machen? Ich sauge an ihrer Perle und ihr Griff an meinem Kopf wird fester. Meine Kopfhaut beginnt schon zu brennen, aber ich begrüße das Gefühl, damit es mich von meiner schmerzenden Erektion ablenkt. Am liebsten würde ich alles um uns herum vergessen und sie einfach nehmen, wie ich es brauche. Und wie sie es bestimmt auch braucht. Ich wette um all meinen Besitz, dass wenn ich sie richtig rannehmen würde, sie an meinem Schwanz wie verrückt kommt. Mein Schwanz zuckt vor Vorfreude, aber ich ermahne mich ein letztes Mal in meinem Kopf und konzentriere mich auf die Schönheit vor mir, die ihren Schoß für mich weit geöffnet hat und meine Zunge an ihrer Klit genießt.

„Ich…ich…ich komme gleich", wimmert Leandra leise.

„Sag meinen Namen, Leandra! Ich will hören, wie du ihn in die Welt hinausschreist!"

Als hätte sie nur meine letzten Worte gebraucht, schließt sie ihre Augen und wölbt ihren Rücken durch. Ich tauche meine Zungenspitze ein letztes Mal in ihre Enge, als mein Mund von ihrer Nässe geflutet wird. Sie schreit, wie ich es ihr befohlen habe. Mein Name klingt einfach zu gut, wenn es aus ihrem Mund kommt. Ihr Körper beginnt heftig zu zucken und ich intensiviere noch einmal meine Zungenbewegungen. Irgendwann drückt sie meinen Kopf zurück und fleht mich an aufzuhören. Wenn es nach mir ginge, würden wir jetzt zur Runde drei übergehen, da meine Erektion hart, wie Stein ist und auf seine Erlösung wartet. Aber wir müssen an dieser Stelle aufhören, sonst werde ich es nämlich nicht mehr können. Also gönne ich ihr jetzt Ruhe und beschließe duschen zu gehen. Ich muss mich unbedingt selbst erleichtern, bevor meine Eier noch platzen. Als ich aufstehe und das Licht anmache, blinzelt mir Leandra entgegen.

Oh fuck!

Sie sieht zum Anbeißen aus. Wie frisch gefickt und dennoch wunderschön. Ihre Haare sind zerzaust, die Lippen geöffnet und ihre Augen verhangen. Ihr Blick schweift hinunter zu meiner Beule in der Hose. Der Beweis, dass mich das von gerade eben, nicht kalt gelassen hat. Als sie Anstalten macht, sich aufzurichten und näher zu kommen, weiche ich zurück. Durch die Handschellen an ihren Füßen, ist sie gezwungen, sitzen zu bleiben.

„Was ist mit dir?"

Sie klingt verunsichert.

„Mach dir um mich keine Sorgen. Ich wollte nur, dass du vorher nochmal etwas Spaß hast, bevor du zu Francesco gehst."

Von der einen auf die andere Sekunde, verändert sich ihr Gesichtsausdruck von unsicher zu stinksauer.

„Wie meinst du das?"

„So wie ich es gesagt habe. Blümchen, schlag dir das, was du dir in deinem hübschen Köpfchen ausmalst, gleich wieder aus dem Kopf. Ich bin nicht dein Retter, der dich zurück nach Hause bringt und den Kopf für dich hinhält. Du wirst zu Francesco gehen. Punkt!"

Völlig entgeistert starrt sie mich an. Zorn spiegelt sich in ihrem Gesicht wider.

„Also war nur das der Grund? Denn so wie dein Schwanz aussieht, hattest du genauso viel Spaß wie ich, anstatt mir nur einen Gefallen tun zu wollen. Außerdem glaube ich dir nicht, dass du mich freiwillig an Francesco übergeben willst. Du kannst zwar böse sein, aber ich sehe in deinen Augen, dass du anders sein willst. Ich kann mir das nicht einbilden!"

Bei dem Wort ‚Gefallen' macht sie Anführungszeichen mit ihren Fingern. Sie steigert sich zu sehr in etwas hinein, was nicht vorhanden ist, oder besser gesagt, nicht sein darf. Leandra muss aufhören Fluchtwege zu suchen, denn ich werde keins sein.

„Kleines, du wärst zwar ein guter Fick gewesen, aber ich riskiere ganz sicher nicht, dass mein Schwanz abgeschnitten wird, nur weil ich ihn dir reingesteckt habe."

Ihr Mund ist geöffnet, vermutlich weil sie sprachlos ist. Irgendwie tut es mir leid, sie nun so vor den Kopf stoßen zu müssen, aber so ist es das Beste. Während ich sie so nah an mir gespürt habe, konnte ich nicht klar denken und habe Sachen gesagt, die ich im Nachhinein besser für mich behalten hätte. Leider habe ich jedes Wort ernst gemeint. Doch wenn sie mich hasst, wird es für uns beide einfacher.

"Fick dich, Arschloch. Komm mir noch einmal zu nahe und ich schneide dir deinen Schwanz schon vorher ab."

Da ist sie wieder mit ihrer spitzen Zunge. Damit kann ich umgehen. Ich mache eine wegwerfende Handbewegung.

"Keine Sorge, dass wird nicht passieren."

Somit drehe ich mich um und lasse sie allein zurück. Doch ich kann ihren stechenden Blick in meinem Rücken spüren. Als ich die Badezimmertür hinter mir schließe, atme ich erstmal tief ein und aus.

Scheiße! Ich will sie in diesem Augenblick so sehr. Und zugegebenermaßen macht mich ihre wütende Seite nur noch mehr an. Das zeigt, was alles in ihr steckt und dass sie nicht das zerbrechliche Blümchen ist, für das ich sie anfangs gehalten habe. Ich schäle mich rasch aus meinen Klamotten und steige unter die Dusche. Zuerst lasse ich das Wasser kalt über meinen Körper laufen, um die Schwellung zu senken, aber keine Chance. Meine Erektion will nicht verschwinden. Also gibt's nur eine Lösung, um das Problem zu beheben. Entschlossen hebe ich meine Hand und umschließe fest meinen Schwanz. Mit raschen Bewegungen pumpe ich in meine Faust. Es beginnt in meinem Unterleib zu kribbeln und ich sehne mir den Höhepunkt heran. Mein Körper ist zum Zerreißen gespannt. Ich habe noch immer den Geschmack von ihr auf der Zunge, was mich immer höher treibt. Ihre Geräusche, meinen Namen, den sie bei ihrem Orgasmus geschrien hat. Doch plötzlich entsteht eine Blockade und lässt meine Erregung verpuffen. Das verärgerte Gesicht von Leandra erscheint mir vor Augen. Vorwurfsvoll blicken sie mir entgegen.

"Fuck", schreie ich genervt und schlage mit der Faust gegen

die Duschwand.

Wer ist sie verdammt nochmal, dass sie mir im Kopf rumgeistert?

Ich habe sie keine vierundzwanzig Stunden bei mir und schon macht sie mehr ärger als jede andere Frau in meinem Leben. Nicht mal meine eigene Mutter und sie war verdammt nochmal keine Heilige. Nach mehreren Versuchen gebe ich es endgültig auf und wasche mich anschließend. Frustriert steige ich aus der Dusche, trockne mich ab und schlüpfe in frische Boxershorts. Als ich aus dem Bad trete, liegt Leandra mit dem Gesicht von mir weg. Keine Ahnung, ob sie schläft, ich hoffe nur, dass sie nicht wieder mit dem Thema anfängt und es dabei belässt. Nur wegen ihr kann ich nicht abspritzen, dadurch bin ich noch frustrierter als vorher. Ich will ihr jetzt ungern einen Knebel in den Mund stecken müssen. Da sie aber ruhig bleibt, schließe ich meine Augen und schlafe nach wenigen Minuten ein.

Leandra

~ 10 ~

So ein Arsch, Idiot, Hurenbock...

Selbst als Elvis wieder neben mir lag, habe ich noch weitere Beschimpfungen, die in meinem Wortschatz existieren, aufgesagt. Ihn in meinem Kopf zu beschimpfen, beruhigte mich irgendwie. Nach einiger Zeit scheine ich eingeschlafen zu sei, da ein Ruckeln an meinen Beinen mich weckt. Als ich verschlafen aufsehe, fixiert mich Elvis mit seinen blauen Augen. Sein Blick ist kalt und zeigt komplettes Desinteresse.

"Wage es nicht, jetzt nach mir zu treten! Ich habe beschissen geschlafen und kann deine nervigen Launen nicht gebrauchen. Du würdest es nur bereuen."

Eigentlich wäre das der beste Zeitpunkt, mich an ihm zu rächen und ihn zu ärgern, aber ich fühle mich selbst ausgelaugt. Erst gestern hat er mich entführt und bin es jetzt schon Leid mich zu wehren. Mein Vater wäre enttäuscht von mir.

Hat er mich gestern so mit seinen Worten verletzt, dass mein Kampfgeist verschwunden ist? Ich weiß es nicht. Doch ich darf nicht aufgeben. Wenn die perfekte Gelegenheit kommt, werde ich sie ergreifen. Elvis öffnet die Handschellen von meinen Beinen und steckt sie in seine hintere Hosentasche. Dann bedeutet er mir mit seiner Hand, aufzustehen und ihm zu folgen. Stumm folge ich seiner Aufforderung. Wir verlassen den Bungalow und ich kann nicht anders, als noch einmal zurück auf das Bett zu sehen. Bilder von gestern Nacht tauchen vor meinem geistigen Auge auf. Was er mit mir gemacht hat und was für Gefühle das in mir ausgelöst hat. Bisher hat mich kein Mann so berührt wie er. Wie denn auch? In meinem alten zuhause durfte ich mit keinem Mann zusammen sein, bis zur Heirat und so weit ist es nie gekommen. Ausgang gab es nur mit Bodyguards. Jeder kannte mich und aus welcher Familie ich kam. Da hatte es nie ein Junge gewagt, mich anzusprechen, geschweige denn nach einem Date zu fragen. Später wurde ich sogar zuhause unterrichtet, da meine Eltern Angst hatten, dass ich mich zu jugendlichen Handlungen hinreißen lasse. Doch jetzt weiß ich, was ich alles verpasst habe. Schlagartig wird mir klar, was ich gestern Abend eigentlich vorhatte und erschrecke vor meinen eigenen Gedanken. Ich wollte Elvis ernsthaft meine Jungfräulichkeit schenken! *Verflucht nein!*

Also drehe ich mich wieder um und sehe nach vorn, damit ich diesen Teil hinter mir lassen kann. Elvis sagt keinen Ton und ich habe auch keinen Redebedarf, als wir zum Auto laufen. Elvis schielt nur hin und wieder zu mir rüber, wahrscheinlich um sicherzugehen, dass ich auch keinen Fluchtversuch starte oder ihn hinterhältig angreifen würde. Kurz habe ich überlegt, den Plan jedoch sofort wieder verworfen, da es ja doch nichts bringen würde. Am Auto öffnet Elvis den Kofferraum und deutet mit seinem Kopf hinein. Ich starre ihn fassungslos an.

"Du brauchst mich gar nicht so anzusehen. Steig einfach ein und erspare mir eine Diskussion!"

Viele, viele Wörter liegen mir auf der Zunge, die nur darauf warten ausgesprochen zu werden, aber ich lass es sein. Gott bin ich wütend. Ich steige in den Kofferraum, aber was er mir nicht verbieten kann, ist mein tödlicher Blick, dem ich ihm zuwerfe. Schade, dass sowas nicht funktioniert. Elvis schließt die Klappe, ohne auf meinen Gesichtsausdruck einzugehen und erneut liege ich in gänzlicher Dunkelheit. Seine Schritte entfernen sich vom Auto weg. Vermutlich bringt er den Schlüssel zurück. Wenige Minuten später höre ich seine Schritte erneut und eine Autotür, wie sie sich öffnet und schließt. Dann startet der Motor und wir fahren los. *Nun dann...auf auf in mein neues beschissenes Leben!*

Stunden vergehen, jedenfalls fühlt es sich so an. Ich werde rumgeschaukelt und rumgerutscht und hasse Elvis Stück für Stück mehr. Queens in New York ist zwar ein gutes Stück weg von Harpers Ferry, aber wie mir jetzt auffällt, leider nicht weit genug. Kein Wunder, das ich so schnell gefunden wurde. Bei meinem nächsten Ausbruch bin ich definitiv schlauer. Hoffentlich kommt es überhaupt dazu. Ich rechne immer noch damit, die nächsten vierundzwanzig Stunden nicht zu überleben. Irgendwann halten wir an und mein Herz beginnt wie verrückt in meiner Brust zu schlagen. Jetzt wo der Zeitpunkt gekommen ist und nach der ganzen Zeit, Francesco wieder gegenüber zu stehen, lassen meine Knie weich werden. Denn ich glaube nicht, dass er mich mit Küsschen und einer Umarmung empfangen wird. Schritte nähern sich der Kofferraumklappe und ich weiß, dass es Elvis nicht sein kann, da sich keine Autotür geöffnet hat, damit er aussteigen konnte. Ein Klicken ist zu hören und Licht kommt ins Dunkle. Ein männliches, attraktives Gesicht erscheint vor mir. Mein Herz macht einen Satz, weil es nicht Francesco ist. Der Fremde hält mir seine Hand hin, um mir beim Aussteigen zu helfen. Kaum habe ich sie ergriffen, zieht er mich hinaus. Er ist ungefähr genauso groß wie Elvis. Also fast zwei Köpfe größer. Sein Körper ist muskulös und übersäht mit Tattoos. Seine Haare sind dunkel und Raspel kurz. Er hat braune Augen und ausgeprägte Gesichtspartien. Seine Hand hält noch immer meine und lässt die Stellen prickeln. Es ist nicht dasselbe wie bei Elvis, aber nicht weit entfernt. Also wenn hier alle so attraktiv sind, wie Elvis und der Typ vor mir, habe ich echt ein Problem.

„Mein Name ist Sinclair. Ich hoffe, Elvis hat sich benommen und war nicht zu grob zu dir.", dabei küsst er meinen Handrücken. Seine Lippen sind weich und sinnlich. Ich genieße die sanfte Berührung. Als ich zu Elvis sehe und unsere Blicke sich treffen, spielt sich, wie ein Film, die gestrige Nacht in meinem

Kopf ab. Mein Gesicht fühlt sich mit einem Mal ganz heiß an. Als ich wieder zu Sinclair sehe, scheint er von meinem Gesicht abzulesen, was zwischen uns beiden passiert ist, da er mir frech zu zwinkert.

„Okay, ich verstehe. Aber behalte das lieber für dich. Du musst Francesco nicht gleich am Anfang schon verärgern und ich möchte meinen Freund hier noch eine Weile unter den Lebenden wissen."

Ich nicke nur als Antwort und versuche angestrengt nicht mehr zu Elvis hinüberzusehen. Sinclair deutet mit der Hand zum Anwesen, als Zeichen ihm zu folgen. Erst jetzt fällt mir das riesige Haus auf. Ringsherum ist nichts als Grünfläche mit schick hergerichteten Gärten. Alles ist prunkvoll, wie ich es von Francesco erwartet habe. Große weiße Säulen zieren den Eingang und drin sieht es nicht anders aus. Überall ist Gold, große Statuen stehen in den Ecken und große Gemälde hängen an den Wänden. Die Treppe besteht aus Marmor und glänzt, dass man sich darin spiegeln könnte. Ich bin so vertieft beim Anschauen, dass ich nicht mitbekomme, wie Sinclair vor mir stehen bleibt und renne gegen seinen Rücken. Er sieht mich belustigt an, doch kommentiert es nicht weiter.

"Warte hier, ich hole den Boss. Er wird dir verraten, wie es weitergeht."

Sinclair verschwindet hinter einer Flügeltür und lässt mich mit Elvis allein. Wir sehen uns erneut an, doch ich wende schnell meinen Blick ab. Ich kann ihn nicht ertragen. Er hat seine Arbeit getan, also kann er ruhig verschwinden. Plötzlich spüre ich seine Präsenz hinter mir. Nur ganz leicht, als hätte ich es mir eingebildet, streicht er mit seiner Hand über meinen Nacken. Dann spüre ich seinen Atem an meinem Ohr.

"Benimm dich!"

Mehr sagt er nicht, denn als er einen Schritt zurück geht, öffnet sich auch schon die schwere Holztür und Sinclair, gefolgt von zwei Bodyguards sowie Francesco, betreten den Flur. Francesco erkenne ich auf Anhieb. Er war schon immer gutaussehend, was auch nie das Problem für meine Entscheidung war. Seine Art ist es, mit der ich nicht Leben könnte. Francesco ist kaltherzig, eingebildet, aggressiv und absolut unfähig jemanden zu lieben außer sich selbst. Er hat mich nur herbringen lassen, weil sein Ego es nicht erträgt, dass ich abgehauen bin. Sein Anzug sitzt wie angegossen. Der oberste Knopf ist geöffnet und zeigt freie gebräunte Haut. Seine kurzen, aschblonden Haare sind nach hinten gegelt und sitzen ebenfalls perfekt. Als er mir ins Gesicht sieht, taucht ein schmieriges Lächeln auf seinen Lippen auf, was mir sofort eine Gänsehaut beschert. Dann mustert er mich von unten bis oben und sieht zufrieden aus. Als wäre ich Ware, die er vorher inspizieren muss, bevor er es kauft. *Gott, wie ich dieses Machogehabe hasse.* Als er mit jedem Schritt näherkommt, versuche ich stark zu bleiben und nicht zurückzuweichen. Doch nur noch einen Schritt von mir entfernt, passiert es wie von selbst. Ich trete einen Schritt zurück, was Francesco zum Schmunzeln bringt.

"Was ist denn los? Hast du etwa Angst vor mir? Ist schließlich nicht so, dass du verschwunden, eine wichtige Vereinbarung zwischen unseren Familien weggeschmissen und mich somit verraten hast."

Anschließend fixiert er mich mit diesem irren Blick, den ich schon von früher kannte. Bei dem was ich von ihm gehört hatte, fehlte dann nicht mehr viel, bis er denjenigen töten ließ. Aber als er die Vereinbarung erwähnt und von Verrat spricht, ist meine Zunge schneller als mein Kopf. Die ganze angestaute Wut, entlädt sich und lässt meine Stimme beim Sprechen zittern.

"Ich bin abgehauen, weil du meine Familie umgebracht hast, du Bastard! Kann ich ja nichts dafür, dass du es nicht erträgst, wenn dich eine nicht will!"

Noch bevor alles raus war, wusste ich, dass es ein Fehler war. Francescos Nasenflügel beginnen zu beben und seine Atmung wird schneller.

Jawoll Leandra...jetzt hast du es geschafft. Das ist dein Ende!

Elvis

~ 11 ~

Was hat sie da bitte gerade getan?
Genervt rolle ich meine Augen. Das sie aber auch nicht ihren Mund halten kann. Mich würde es nicht wundern, wenn Francesco auf der Stelle noch seine Waffe zieht und eine Kugel in Leandras hübsches Gesicht ballert. Sinclair sieht ebenfalls verärgert aus. Wir beide und eigentlich die gesamten Männer auf diesem Gelände, können Francesco nicht ausstehen. Er ist das komplette Gegenteil zu seinem Vater und denkt nie rational. Wir haben schon viele gute Männer verloren, weil er sie sinnlos zum Stress machen in umliegende Gebiete geschickt hat. Dadurch will auch keiner mehr mit dieser Familie zusammenarbeiten. Wir sind nur noch hier, weil wir es seinem Vater schulden. Er hat Sinclair und mich aufgenommen und wollte seinen Sohn in Sicherheit wissen, bevor er starb. Aber ich glaube, wenn er gewusst hätte, dass sein Sohn alles an die Wand fährt, was er sich erarbeitet hat, würde er seinen Wunsch sicher nochmal überdenken, nur geht das nun leider nicht mehr. Und die anderen Männer haben zu viel Schiss, Francesco zu stürmen. Deswegen ertragen wir ihn alle, so lange wie es halt geht.
Francescos tiefe Stimme durchdringt die Stille.
"Elvis, bring unseren Gast bitte in den Keller und zeige ihr was es heißt, mich zu verärgern."
Ich nicke und gehe zu Leandra, die sich schon bereit macht, mir auszuweichen. Mit einem Blick deute ich ihr, nicht dumm

zu sein und mir lieber zu gehorchen, aber sie will es anscheinend nicht verstehen. Also packe ich sie kurzerhand an der Hüfte und werfe sie mir über die Schulter. Wer nicht hören will, muss fühlen.

"Lass mich los!"

Da ich nicht reagiere, trommelt sie mir noch zusätzlich zu ihrem Geschrei, auf den Rücken.

"Loslassen habe ich gesagt!"

Ich durchquere den Flur und öffne die große Kellertür, um gleich darauf die Treppen nach unten zu laufen. Es ist ein altes Kellergewölbe und damit absolut schalldicht. Der Gang führt mich zu einer kleinen Zelle, die vielleicht nicht größer als 10m² ist. Schwere Ketten sind am Boden befestigt, die eingegossen und noch zusätzlich mit Steinen befestigt wurden. Als Leandra ihr Schicksal begreift, wird sie nun flehentlicher.

"Bitte Elvis, lass mich gehen. Es muss keiner erfahren, dass du mir geholfen hast."

Ich setz sie in der Mitte des Raumes ab und beginne die Ketten an ihren Fußgelenken zu befestigen. Als ich sie kurz loslasse, tritt sie nach mir und hätte mich beinahe erwischt. Ich halte ihre Füße fest und sehe sie eindringlich an.

"Tu jetzt nichts, was du später bereust. Du hast schon genug mit deinem Temperament angerichtet. Hättest du einfach die Klappe gehalten, wärst du wahrscheinlich oben in eines der Zimmer gelandet, aber nein, du musstest ihm ja unbedingt deine Meinung sagen. Du bist ein dummes Mädchen, wenn du glaubst, dass es jetzt noch gut für dich ausgeht."

Leandras Gesicht ist gesenkt und tut mir fast schon leid.

"Ich weiß das es dumm war, aber es musste raus. Der Frust und ganze Groll, den ich verspürt hatte, als er meine Eltern töten ließ, konnte ich ihm nie sagen, da ich sofort geflohen war. Es hat sich zu gut angefühlt, meine Meinung zu sagen. Am liebsten wäre da noch mehr gekommen."

Ich muss grinsen, als ich das Leuchten in ihren Augen sehe. Genauso fest klingt ihre Stimme. Sie scheint wirklich stolz auf

sich zu sein, dass sie unseren Chef mit ihren Worten verärgert hat. *Ich sagte es ja...dummes Mädchen.*
Für einen Moment bin ich genauso Stolz auf sie, doch als sich das Gefühl bei mir einnisten will, verbanne ich es gleich wieder. Nachdem ich sie festgebunden habe, stehe ich auf und verlasse den Raum ohne weitere Worte.
"Warte, was passiert jetzt?", ruft sie mir schrill hinterher.
Doch ich ignoriere es. Ich muss an meinem Plan festhalten und aufhören, ihr helfen zu wollen. Das bringt mich nur in Schwierigkeiten. Als ich die Stufen nach oben gehe, fängt mich Sinclair auf, bevor wir zurück bei den anderen sind.
"Was hast du dir dabei gedacht, das Mädchen vom Boss anzufassen. Du weißt genau, dass er dich dafür einen Kopf kürzer machen könnte, oder?"
Ich weiß selbst, dass ich Mist gebaut habe, da brauche ich keinen der mir das nochmal vorenthält.
"Ja Papi, ich weiß. Darf ich noch was essen, bevor ich aufs Zimmer muss, oder habe ich gleich Hausarrest?"
Sinclair baut sich vor mir auf, damit ich endgültig stehen bleiben muss.
"Das ist kein scheiß Spiel, Elvis. Verstehst du das? Du kannst dabei draufgehen, wenn du an der Kleinen rumnaschst."
Langsam reicht es mir, weswegen ich ihn beiseite schubse.
"Ich weiß, verdammt! Deswegen werde ich es auch nicht mehr tun. Es war einmalig und wird nicht wieder vorkommen versprochen. Sie ist nur ein Job gewesen, mehr nicht!"
Sinclair sieht mich mit zusammengekniffenen Augen an, als würde er meinen Worten nicht glauben. Wie denn auch, ich tue es ja selbst nicht. Aber um ihm nicht erneut die Chance zum Reden zu geben, laufe ich weiter und lasse ihn stehen. Im Flur erwartet mich schon Francesco.
"Ist sie unten?"
"Festgebunden und eingesperrt, Sir", dabei nicke ich und spreche mit fester Stimme.
Er darf nicht ahnen, dass mir das Blümchen mehr unter die

Haut geht, als sie sollte. Zum Glück scheint es aufzugehen.
"Das ist gut. Wir lassen sie da unten jetzt paar Tage schmoren, damit sie nicht wieder frech wird. Sobald sie gehorcht, bereiten wir sie für unsere Hochzeit vor. Ich will sie zur Frau, so wie es von vornherein geplant war!"
"Jawohl, Sir!"
Zufrieden schwirrt er ab und lässt mich stehen. Das werden anstrengende Tage. Für Leandra aber umso mehr als für mich. Ich bin gespannt, ob sie nach Tagen, ohne viel Essen und Trinken, sowie keiner Körperhygiene immer noch so kratzbürstig ist. Sinclair kommt angelaufen und klopft mir auf die Schulter. "Komm, lass uns einen Drink nehmen, Du musst mir alles von deiner Reise erzählen."

~

Es ist jetzt zwei Tage her, seit Leandra da unten eingesperrt ist. Sie bekommt nur einmal am Tag Wasser und ihr Essen besteht aus einem dünnen Stück Brot. Auf Toilette geht es für sie nur zweimal am Tag, da sie es bis zum Ende aushalten muss oder die Erniedrigung ertragen soll, falls sie es nicht schafft. Ich durfte bis jetzt nicht zu ihr, da Sinclair für sie zuständig war, doch heute sagte mir Francesco, dass ich dran wäre, ihr Wasser zu bringen. Vor der Kellertür angekommen, atme ich tief durch. Leandra soll seit ihrem Aufenthalt im Keller still sein. Sinclair sagte mir aber, er sehe die Stärke in ihren Augen. Sie ist nicht stumm, weil sie schwach ist. Sie tut das, um Francesco und uns zu verhöhnen. Wahrscheinlich will sie auch dem Risiko aus dem Weg gehen, etwas Falsches zu sagen, da es sie nur noch tiefer in die Scheiße ziehen würde. Ich öffne die massive Kellertür und sehe hindurch. Leandra sitzt in der Ecke und starrt auf die gegenüberliegende Wand. Als ich eintrete, schenkt sie mir keine Beachtung.

"Hallo, Blümchen. Wie geht's dir?"

Bei dem Kosenamen zucken ihre Augen kurz zu mir, bevor sie wieder zur Wand zurückkehren. Es ärgert mich, dass sie mich ignoriert. Ich setze mich neben sie und halte ihr die Flasche Wasser vor die Nase. Ihr Hals bewegt sich, als versucht sie ihre trockene Kehle mit Spucke zu nässen. Sie hat bestimmt großen Durst bekommen, als sie die Flüssigkeit gesehen hat. Misstrauisch sieht sie mich an, als würde ich sie vergiften wollen. Also schraube ich die Kappe ab und nehme einen winzigen Schluck.

"Siehst du? Keine Drogen."

Wie von der Tarantel gestochen, reißt sie mir die Flasche aus der Hand und trinkt es Schluck für Schluck aus.

"Mach langsam, sonst wird dir noch schlecht, wenn du zu viel auf einmal trinkst."

Mit einem vernichtenden Blick sieht sie mich an. Ich weiß was sie denkt. Nur wegen mir ist sie hier, in dieser Situation.

"Blümchen, du musst verstehen, dass mit Francesco nicht zu spaßen ist. Als der Befehl kam, dich zu holen und herzubringen, musste er ausgeführt werden. Ich schulde seiner Familie eine Menge und habe seinem Vater ein Versprechen gegeben."

Leandra blickt zu mir auf, doch es ist keine Spur von Mitleid zu sehen. Dafür hasst sie mich gerade zu sehr.

"Willst du nicht mit mir sprechen? Ich lasse es auch dieses eine Mal zu, dass du mich beschimpfst. Na los, werfe mich alles an den Kopf, was du draufhast. Lieber ich als Francesco."

Sie schüttelt mit dem Kopf und trinkt den letzten Schluck aus. Wir sollen die leere Flasche mitnehmen, da sie sich sonst darin entleeren könnte. Als sie sie mir gibt, berühren sich unsere Finger. Wir beide verharren in dieser Position und sehen uns dabei tief in die Augen. Der Kontakt ist leicht, aber zeigt erneut, was für eine Macht sie über mich hat und was ihre Berührungen mit mir machen. Ihre braunen Augen erinnern mich an dunkle Schokolade. Einerseits herb und bitter, doch trotzdem irgendwie süß. Passt zu ihrem Charakter.

Plötzlich ist eine Tür zu hören, mit darauffolgenden schweren Schritten. Ich stehe hastig auf und nehme einen Schritt abstand. Francesco und Sinclair betreten keine Sekunde später den winzigen Raum. Er baut sich vor Leandra auf und sieht auf sie hinab. Ein angeekelter Ausdruck huscht über sein Gesicht, als er in meine Richtung schnipst.

“Du, führe sie in eines der Zimmer und passe auf, dass sie sich wäscht und passabel aussieht. Ich möchte heute Abend mit ihr Essen, um zu sehen, ob sie aus ihren Fehlern gelernt hat und als Ehefrau taugt.”

Bei seinen Worten ist es nun Leandra, die angeekelt schaut. Ich greife sie am Oberarm und ziehe sie zu mir heran. Ohne weitere Worte, gehen wir an den beiden vorbei. Ich sehe zu Sinclair und er kann es nicht lassen, mir einen belehrenden Blick zu schenken.

Leandra

~12~

Mein Hals kratzt die ganze Zeit schon wie verrückt. Die paar Tage, wo ich meine Stimme nicht genutzt habe, machen sich bemerkbar. Aber ich bin einfach zu stur, um nachzugeben. Dieser Bastard will mich heiraten? Soll er doch, dann wird er schon sehen, das mit mir nicht gut Kirschen essen ist. Bei Elvis weiß ich nicht, was ich von ihm halten soll. Die letzten Tage ließ er sich kein einziges Mal blicken und heute schien es beinahe so, dass er sich Sorgen um mich macht. Ich konnte das Mitleid in seinen Augen sehen. Es spielt keine Rolle, dass er das so nicht gewollt. Aber wie er eben im Keller schon sagte. Ich war ein Job, der ausgeführt werden musste, egal wie es dann für mich ausgeht. Ihm muss es klar gewesen sein, dass ich hier nicht auf Händen getragen werde. Am liebsten würde ich jetzt, wo ich aus dem Keller raus bin, die Chance nutzen und fliehen, aber ich bin zu schwach. Wahrscheinlich war genau das, das Ziel von Francesco. Mich schwach machen und am besten noch brechen. Aber da müssen die sich schon mehr einfallen lassen, als mir den Toilettengang und das Duschen zu verwehren. Selbst ohne Essen und Trinken halte ich aus. Ich werde sicher nicht betteln!

Ich spüre Elvis seine Hand ganz deutlich auf meinem Oberarm, als er mich nach oben, durch den Flur und noch eine Etage höher, führt. Ich beachte die pompöse Einrichtung gar nicht, da ich zwingend versuche einen Fluchtweg auszumachen, mir die Räume und Gänge einpräge. Als wir hinter mehreren Fluren vor einem Zimmer anhalten, merke ich erst, wie sehr ich mich nach einer heißen Dusche sehne. Ich habe in den letzten Tagen, nur die kurze Sportshorts und den Hoodie mit ein und derselben Unterwäsche an. Da würde ich es begrüßen, die Klamotten endlich loszuwerden. Elvis schubst mich in den Raum und schließt sie hinter uns mit einem Schlüssel zu. *Schade, hier komme ich schon mal nicht raus.* Er geht voran ins Badezimmer und holt ein frisches Handtuch aus einem der Schränke. Als er sich umdreht, um nach mir zu sehen, stehe ich immer noch am gleichen Fleck.

"Willst du da Wurzeln schlagen, oder warum kommst du nicht her?"

"Bleibst du etwa hier? Hier im Badezimmer?"

Jetzt dreht er sich vollends in meine Richtung und sieht mir starr in die Augen. Diese eisblauen Augen, die in meine Seele blicken können. Ich fühle mich schon nackt, bevor ich mich überhaupt erst ausgezogen habe. Dann schleicht sich ein teuflisches Lächeln auf seine Lippen. *Oh, oh, dass gefällt mir nicht.*

"Natürlich bleibe ich hier, schließlich muss ich aufpassen das du nicht neuen Mist baust."

Blitzschnell drehe ich mich zur Tür, durch die wir vorhin gekommen sind und rüttle an dem Tür Knauf. Dieses Mist Ding muss sich doch irgendwie öffnen lassen, wenn man doll dran rüttelt. Auf einmal fühle ich seinen starken Körper hinter mir. Er drückt mich nun mit seinem stahlharten Bauch gegen die Tür. Dann umfasst er meine Hand, die auf der Türklinke liegt, mit seiner. Sein warmer Atem steift meine Wange, als er an meinem Ohr leise spricht,

"Mach keine Dummheiten, Kleines. Du kannst hier nicht weg und erst recht nicht vor mir. Ich werde dich überall finden!"

Seine Stimme ist leise, klingt aber dafür umso bedrohlicher. Er meint es vollkommen ernst.

"Jetzt zieh dich aus, oder muss ich nachhelfen?"

Er entfernt sich von mir, sodass nur noch ein kalter Windhauch meinen Rücken streift und mich automatisch erzittern lässt. Widerwillig gehe ich an ihm vorbei ins Bad. Meine Nerven sind zu strapaziert, als ihm noch Kontra zu geben. Ich muss versuchen mich zu fügen, bis mir etwas Besseres einfällt. Aber mit Elvis im Nacken, wird das nie was. Er hat seine Augen überall und das nervt tierisch. Ich versuche völlig gleichgültig auszusehen, als ich mir meine Sachen abstreife. Zuerst das Oberteil, dann hake ich meine Finger in die Shorts, um sie nach unten zu ziehen. Als ich nur noch in BH und Slip dastehe, hoffe ich das das ausreicht. Aber Elvis sein durchdringender Blick verrät mir das Gegenteil. Ohne weiter darüber nachzudenken, hake ich meinen BH auf und lasse ihn von meinen Armen rutschen. Elvis leckt sich dabei über seine volle Unterlippe, als er seinen Blick über meine Brüste schweifen lässt. Ein Schauer rieselt meinen Rücken runter. Instinktiv verfolgen meine Augen die Bewegungen seiner Zunge. Als er es das mitbekommt, wird sein Grinsen verführerisch. Ich schäme mich für mein starren und mache lieber weiter, um nicht noch etwas Falsches zu signalisieren. Anschließend ziehe ich meinen Slip nach unten und trete hinaus. Ich verzichte darauf, mich bedecken zu wollen, da es eh nichts nützen würde. Gerade versuche ich eher seinem stechenden Blick standzuhalten. Seine Augen wandern langsam und gemächlich über meinen nackten Körper. Er hat mich zwar schon mal nackt gesehen, aber da waren wir noch nicht intim miteinander geworden. Jetzt, da er mich schon einmal berührt hatte und weiß, wie ich mich anfühle, ist es, als würde er mich nun zum ersten Mal nackt sehen. Dieser Gedanke lässt meinen Bauch flattern, doch ich schiebe dieses Gefühl schnell beiseite. Ich will es schlichtweg nicht fühlen, denn das würde alles verkomplizieren. Anscheinend sieht das Elvis genauso, da er sich von meinem Anblick losreißt und mit seiner Hand auf die Duschkabine deutet.

"Husch, husch, wir haben es eilig, Blümchen."

Er lehnt sich an den Türrahmen, während ich unter die Glasdusche steige. Als das Wasser auf meinen Körper niederprasselt, genieße ich nun das frische, warme Wasser. Für diesen kleinen Moment rückt alles in den Hintergrund. Das ich auf Francesco seinem Anwesen bin und er mich zu einer Heirat zwingt. Das mich mein Entführer, der zum Anbeißen und dennoch verboten ist, beobachtet. Ich will gerade nicht denken. Ich greife das Shampoo und beginne meine Haare sowie meinen Körper einzuseifen. Unbewusst sehe ich zu Elvis, der nun kurz vor der Kabine steht und mich mit glühendem Blick beobachtet. Ich schrecke zurück und pralle an die Fliesenwand hinter mir. *Seit wann steht er schon da?* Als er bemerkt, dass mir sein Blick aufgefallen ist, funkeln seine Augen. Sie strahlen unbändigen Hunger und Verlangen aus. Wir sehen uns gefühlt eine Ewigkeit an, bis er den ersten Schritt macht. Er streift sich sein schwarzes T-Shirt über den Kopf und gibt mir somit erneut freie Sicht auf seinen Körper. Die schiefen Bauchmuskeln und das stählerne V, dass zu seinem Schritt führt, ziehen meine Blicke magisch an. Er muss gemeißelt worden sein, anders kann ich es mir nicht denken. Er besitzt diese bedrohlich Aura, die mich jedes Mal schwer schlucken lässt, sobald er in meiner Nähe ist, aber gleichzeitig bringt er mich damit auch um den Verstand. Ich muss an diesem Stockholm-Syndrom leiden, anders kann es nicht sein. Denn wenn es das nicht ist, bin ich wahrscheinlich komplett verrückt geworden. Elvis ist attraktiv, keine Frage, daran wäre unsere Anziehung auch nie gescheitert, aber *Er* ist das Problem. Sein Job, sein Umfeld, einfach alles. Aber es ist egal ob ich so denke. Mein Körper verrät mich, weil er sich nach Elvis sehnt und das, obwohl wir uns gerade mal sein drei Tagen kennen. Naja, kennen ist sogar übertrieben. Aber er scheint alles aus meinem Leben zu wissen, ich dafür umso weniger. Doch trotzdem ist da diese fragwürdige Verbindung zwischen uns, die immer wieder dieses flackernde Gefühl in mir auslöst, sobald er vor mir steht. Als Elvis aus seinen Schuhen schlüpft, den Knopf seiner Hose öffnet und anschließend aus der schwarzen Jeans tritt, bewundere ich seine Beine. Sie sind kräftig und genauso trainiert wie sein restlicher

Körper. Doch was mir den Atem raubt, ist diese deutliche Ausbuchtung in seinen Boxershorts. Elvis lässt mir keine Zeit, ihn
weiter anzusehen, da er ohne Umschweife zu mir in die Dusche
steigt. Erst jetzt wird mir bewusst, was er eigentlich vorhat.
Panik und gleichermaßen Vorfreude erfüllt mich. Elvis lächelt
mich sinnlich an, als er näherkommt und vor mir stehen bleibt.
Das Wasser prasselt nun ebenfalls auf seinen Körper und bringt
ihn, durch die Nässe, zum Glänzen. Er hebt seine Hand und
streichelt behutsam über meine Wange. Da ich keine Anstalten
mache mich zu wehren, lässt er seine Finger von meiner Wange, nach unten, über mein Schlüsselbein wandern. Ganz sanft
bewegt er sie weiter Richtung Brust und legt sie darauf. Seine
Hände sind weich und sanft. Nur ein Strich führt von seinem
Bauchnabel zu seinem Lustzentrum. Sieht bisschen aus wie ein
Wegweiser. Meine Augen treffen wieder auf seine, als er einen
meiner Nippel in die Hand nimmt und ihn zwischen seinen
Fingern dreht. Ein lautes Keuchen dringt aus meinem Mund,
während ich meinen Kopf in den Nacken fallen lasse. Es fühlt
sich einfach zu gut an. Seine Berührungen, seine Blicke, alles!
Ich fühl mich begehrenswert, wenn er mich so ansieht, als wäre
ich kostbar. Elvis Hand wandert tiefer und hinterlässt eine heiße Spur. Über2 meinen Bauch bis zu meiner Scham, die schon
freudig zuckt, als er seine Hand darauflegt. Als er meine Perle
mit den Fingern reizt, kann ich nicht anders als aufzustöhnen,
weswegen Elvis eine Hand auf meinen Mund legt. Ich muss
versuchen leiser zu sein, damit uns niemand hört. Seine Finger
spreizen meine unteren Lippen und fahren anschließend durch
sie hindurch. Er stimuliert meinen Lustpunkt, wodurch ich Ap-
petit auf mehr bekomme. Er scheint das zu ahnen, da er mich
lasziv anlächelt. Bei diesem Lächeln steigt meine Gier ins un-
ermessliche. Ich bin nicht nur vom Wasser feucht. Wieder trifft
sein Atem meine Haut, als er sich vorbeugt, um mir ins Ohr zu
flüstern.
"Du willst mich! Ich kann es in deinen Augen sehen und wage
es ja nicht, es abzustreiten, denn deine Muschi verrät es."

Da ich nie vorhatte, es abzustreiten, bleibe ich still und genieße das Kribbeln, dass sich in meinem ganzen Körper ausbreitet. Doch mit einem Mal entfernt sich das köstliche Gefühl, als Elvis dunkle Stimme zu mir durchdringt.

"Sag es!"

Mein Kopf besteht nur noch zu Brei, weswegen es mir schwerfällt zu sprechen, aber als ich es dann endlich schaffe, gebe ich ihm was er will. Er muss weitermachen!

"Ich will dich! So sehr!"

"Braves Mädchen."

Dabei kann ich sein Lächeln an meiner Brust fühlen, weil er es im selben Moment mit seinen Lippen umschließt.

Oh Gott!

Ich brauche mehr. Also nehme ich seinen Kopf in meine Hände und dränge ihn näher an mich heran, damit er noch stärker saugt. In der nächsten Sekunde spüre ich seinen Mund fester und will am liebsten mein tiefes Verlangen hinausschreien. Ein tiefes Knurren dringt aus seiner Brust, was mich umso heißer macht. Es klingt animalisch, als könne er sich kaum noch beherrschen. Zu wissen, dass ich diese Macht über ihn habe und er mit sich selbst ringt, ist unglaublich. Als ich es kaum noch aushalte, dringt er unerwartet mit einem Finger in mich ein. Er weitet mich und ich merke, wie sich meine Muskeln zusammenziehen. Diese ungewohnte Dehnung fühlt sich komisch an, bis er mich ablenkt, indem er mein Kinn mit seinem Finger anhebt, sodass ich ihn ansehen muss und mich anschließend küsst. Seine Zunge dringt zwischen meine Lippen und ich empfange ihn mit größtem Vergnügen. Unsere Zungen umkreisen sich und spielen miteinander. Sie bewegen sich schnell, wollen einander erforschen. Er schmeckt süß und nach purer Sünde. Unser Kuss wird hemmungsloser und wilder. Also wenn etwas Verbotenes so gut schmeckt, dann immer her damit!

"Was geht verdammt nochmal hier ab?!"

Elvis lässt abrupt von mir ab und dreht sich zu der Männerstimme. Als ich sehe, wer es ist, versuche ich meinen Körper

so gut es geht zu verdecken. Aber es hat keinen Zweck, also gebe ich es auf und lasse meine Hände wenigstens auf meinen Brüsten liegen. Ich sehe in ein wutverzerrtes Gesicht, aber da ist auch noch etwas anderes. Nachdem ich es erraten habe, runzle ich meine Stirn.
Ist das Begierde in seinen Augen?
Hat ihn das etwa angemacht, Elvis und mich so zu sehen?

Elvis

~13~

uck, fuck, fuck!
Sinclair ist neben Francesco einer der letzten, der uns erwischen sollte. Ich habe ganz vergessen, dass er ebenfalls einen Schlüssel für die Räume besitzt. Wahrscheinlich sind wir für seinen Geschmack, eine Spur zu lange weggewesen. Aber scheiße, so verführerisch wie Leandra sich eingecremt hat, kann ein Mann nur schwach werden. Mich würde es auch nicht wundern, wenn er ihre kurzen Schreie gehört hat. Ich weiß, dass er mich nie verraten würde, aber eine ewige Moralpredigt wird es mindestens geben.
Wie im Kindergarten.
Wir haben uns schon des Öfteren Frauen geteilt, da es einfach mehr Spaß macht, wenn die Frauen mit der Intensität von zwei Schwänzen nicht klarkommen. Schuldbewusst sehe ich meinen alten Freund an. Manchmal zieht das. Doch als ich sein Gesicht nach möglichen Emotionen durchleuchte, überwiegt die Gier in seinen Augen. Anscheinend hat das Blümchen einen weiteren Fan gefunden. Sinclairs Augen funkeln, als er Leandras nackten Körper mustert. Ihre Haare sind noch teilweise eingeschäumt und ich wette, ihre Brustwarzen sind noch spitz unter ihren Händen. Ich zwinkere Sinclair zu, um ihm zu signalisieren, dass ich nichts dagegen hätte, da uns beiden vermutlich gerade dasselbe durch den Kopf geht. Leandra scheint zu spüren, dass die Stimmung zum Zerbersten gespannt ist, da sie versucht zurückzuweichen. Aber sie kommt nicht weit, da

hinter ihr der Fliesenspiegel ist. Sie presst sich gegen die kalte Wand.

"Was...was habt ihr vor?", ertönt brüchig ihre Stimme.

Leandras Frage passt nicht ganz zu ihrem Äußeren. Sie beißt sich jedes Mal auf die Unterlippe, wenn sie zwischen Sinclair und mir hin und her sieht. Sie ist neugierig, das kann man ihrem Gesicht ablesen. Ich steige aus der Dusche und gehe zu Sinclair, der seinen Blick kaum von Leandra lassen kann.

"Falls sie mitmacht, will ich noch eins klarstellen...Sie gehört mir! Da kann auch ein Francesco nichts ausrichten. Du wirst sie vielleicht berühren und sie wird es genießen, aber ihre Seele ist mein!", flüstere ich ihm zu, damit Leandra es nicht hört. Sinclair nickt nur als Antwort und geht einen Schritt auf Leandra zu.

"Halt, wartet! Was wird das?!", dabei versucht sie noch mehr von ihrem Körper, mit ihren Händen, zu verdecken. Doch als das nicht klappen will, dreht sie sich kurzerhand, um uns mit ihrem Apfelarsch zu beglücken. Ob sie denkt, dass wir dann aufhören? Da irrt sie sich aber gewaltig. Ich sehe zu, wie Sinclair, bekleidet wie er ist, zu Leandra unter die Dusche steigt. Er stellt sich nah an sie heran und drängt sie mit seinem Körper noch weiter gegen die Wand. Hilfesuchend sieht sie zu mir, doch mir gefällt dieses Bild zu gut, als das ich einschreiten wollen würde. Er nimmt ihre Haare und streicht sie ihr aus dem Nacken, dann drückt er ihr einen Kuss auf die nasse Haut, was Leandra einen erstickten Laut entweicht. *Oh ja, sie ist mehr als willig!* Bestätigt davon, führt Sinclair seine Lippen weiter, bis er an ihrem Ohr angekommen ist, um ihr etwas zuzuflüstern, was ich gerade so verstehe.

"Lass dich auf das Abenteuer ein. Glaub mir, es wird dir gefallen!"

Bei diesen Worten stiehlt sich ein Lächeln auf meine Lippen. Ich bin gespannt, ob sie zulässt, dass wir beide ihren Körper nehmen, wie wir es brauchen. Sie würde natürlich keinesfalls zu kurz kommen. Nach wenigen Sekunden nickt sie schüchtern. Ich bin etwas überrascht, aber das ist nun der Startschuss für alles, was kommen wird. Deshalb trete ich ebenfalls in die Dusche, sodass Leandra von uns beiden umzingelt ist. Die Dusche ist nicht klein, aber wir beide füllen den Platz ordentlich aus. Die perfekte Ecke, um jemanden in die Ecke zu drängen. Sinclair packt ihre dünnen Schultern, um sie von der Wand wegzuziehen und umzudrehen. Als ich wieder freie Sicht auf ihre Brust habe, lecke ich mir unwillkürlich über die Lippen. Leandra sieht das und tut es mir gleich. In der nächsten Sekunde bin ich bei ihr. Eine Hand lege ich an ihre Taille und eine in ihren Nacken, um sie nah an mich heranzuziehen. Dann treffen unsere Münder aufeinander und lustvolles Schmatzen ist zu hören. Ich sehe Sinclair hinter Leandra, wie er mit seinen Lippen und Händen ihren Körper erforscht. Meinem Blümchen scheint das gut zu gefallen, da sie immer mal in meinen Mund stöhnt, was ich mit meiner Zunge ersticke.

Leandra

~14~

Ich habe keinen blassen Schimmer wie ich hier reingeraten bin. Zwischen zwei unglaublich attraktiven Männern, die mich beide auf verschiedenste Weise begehren. Der eine will nur meinen Körper, der andere meinen Kopf und meinen Körper. Und ich kann nicht behaupten, dass es mir anders geht. Sinclair ist unfassbar heiß und wird mich um den Verstand bringen. Aber Elvis berührt mich viel tiefer, er berührt meine Seele. Und noch dazu ist er ein verdammter Adonis, der genau weiß, was ich brauche.

Sinclair verwöhnt mich mit seiner Zunge. Er liebkost meinen Nacken, beißt neckend hinein, was mich aufstöhnen lässt und leckt anschließend über die wunde Stelle. Elvis besitzt währenddessen meinen Mund. Seine Zungenschläge machen mich ganz verrückt und lassen mich nach mehr gieren. Überall sind Hände, die mich berühren und weiche Zungen, die mich verführen sollen. Es fühlt sich an, als wäre ich im verdammten Himmel. Plötzlich kann ich spüren, dass eine Hand nach unten zu meiner Klit wandert. Als ich meine Augen kurz öffne, weiß ich, dass es nicht Elvis seine sind, da beide Hände auf meinen Wangen ruhen. Sinclair streicht mit zwei Fingern leicht über meine geschwollenen Schamlippen und trennt sie, um sich besseren Zugang zu meiner Perle zu verschaffen. Er merkt, wie nass ich für sie beide bin und knurrt mir ins Ohr.

„Na Kleines, schon so bereit für uns?"

Meine Wangen werden von seinen Worten ganz heiß. Elvis

benutzt manchmal auch diesen Kosenamen und ich mag ihn irgendwie. Es klingt aus ihren Mündern, als wäre ich etwas zartes, auf das man aufpassen muss.

Sinclairs Berührungen werden hastiger und gezielter, bis er irgendwann einen Finger in mich eintaucht. Ich stöhne lauthals in Elvis Mund hinein, was ihn leise lachen lässt. Dieses Lachen geht mir durch Mark und Bein.

Sinclair leckt an meiner Ohrmuschel entlang, wodurch ich wimmere. Als Elvis dann auch noch beginnt, seine Hände zu meinen Brüsten wandern zu lassen, bin ich vollkommen verloren. Ich schmelze in ihren Händen. Doch mit einem Mal entfernen sich beide und die Berührungen hören auf. Ich öffne meine Augen und sehe sie verwirrt an. Sinclairs Stimme ist voller Lust rau geworden, aber dennoch klingt sie ernst.

„Wir haben nicht viel Zeit. Francesco wird sich sicher bald fragen, wo wir bleiben. Und sobald er nachschauen geht und bemerkt, dass die Türen abgeschlossen sind, bekommen wir ein großes Problem." Sein Ton lässt keinen Zweifel zu, dass er recht hat. Ich blicke beiden Männern in die Augen und frage mich wie es jetzt weitergeht. Doch meine Gedanken verstummen, als Sinclair in die Hocke geht und seinen Kopf zielgerichtet zwischen meine Beine schiebt. Mein Innerstes explodiert, als seine Zunge ohne Umschweife, meine Klit findet und sie bearbeitet. Ein genüssliches Brummen dringt aus seiner Kehle und lässt mich stöhnen. Irgendwann bedeutet mir Elvis, mich auf Sinclairs Hände zu setzen, woraufhin dieser, seine Hände auf meinen Hintern legt. Ohne zu diskutieren, lasse ich mich auf seine Handflächen nieder, und merke, dass ich mich ihm so noch mehr entgegen dränge. Ich beginne, mich von allein zu bewegen und seine Zunge zu reiten. Mein Saft fließt ihm in den Mund und er scheint es zu genießen. Ich sehne mich nach Elvis seinen Berührungen und versuche, ihn durch meinen verschleierten Blick ausfindig zu machen. Er steht direkt neben mir und pumpt seinen Schwanz in seine Faust. Der Anblick hypnotisiert mich. Ich will das auch machen. Weil Elvis wahrscheinlich

meine Gedanken lesen kann, lässt er seine Erektion los und
wartet auf meine Berührung. Ich warte nicht und greife ihn mit
meiner Hand. Die Haut ist weich und fühlt sich gut an. Da ich
gesehen habe, wie er es gemacht hat, versuche ich es nachzu-
machen. Anscheinend mit Erfolg, da er seine Augen schließt
und den Kopf nach hinten legt, um tief zu stöhnen. Ich umfasse
mit meiner anderen Hand seine Hoden und knete sie. Manchmal bewegt er von selbst seine Hüften, um in meine Faust zu
stoßen. Nun werde ich mutig und lecke mit meiner Zunge an
der Spitze. Seine Atmung beschleunigt sich, was ich als ein
gutes Zeichen sehe und weiter mache. Ich lecke von unten nach
oben, um ihn dann vollkommen in mich aufzunehmen. Sein
Schwanz schwillt in meinem Mund noch mehr an. Mit Sinclair
an meiner Muschi und Elvis sein Schwanz in meinem Mund ist
so göttlich. Die verschiedenen Reize bringen mich um den Verstand. Meine Bewegungen an Sinclairs Mund werden schneller,
da meine Lust sich zuspitzt. Der Höhepunkt ist nah.
„Da hat gleich jemand einen Orgasmus. Elvis, spritz ihr ihn
den Mund!“
Diese Worte waren der eine letzte Tropfen, um mein Glas zu
überfüllen. Ich bin wie im Rausch, als ich den Höhepunkt er-
reiche. Mein Körper zittert und meine Beine drohen nachzugeben, aber Sinclairs starke Arme halten mich. Das ist für Elvis
das Zeichen, da er nun die Kontrolle übernimmt und allein in
meinen Rachen stößt. Ein leiser, aber starker Laut, kommt aus
seinem Mund und schon spritzt er mir seine warme Flüssigkeit
in den Hals. Es ist salzig und irgendwie süß. Ein ungewohnter
Geschmack, aber mir gefällt‘s. Nachdem die Entspannung ein-
setzt, werde ich müde. Gerade will ich nur schlafen, aber ich
weiß das das nicht geht. Elvis und sein Freund stehen vor mir
und sehen mich mit intensiven Blicken an. Einer schöner als
der andere. Sinclair wischt sich über den Mund und macht ein
schmatzendes Geräusch.
„Diese Kostprobe war es definitiv wert gewesen, Ärger zu
bekommen, Kleines!“

Sein Blick ist sinnlich. Elvis hebt mein Kinn an und wischt mir ebenfalls Speichel vom Kinn.

„Ich kann mich auch nicht beschweren. Dieser Mund ist zu gut, um ihn nicht zu nutzen."

Elvis zwinkert mir zu und meine Wangen werden heiß. Beide verlassen die Dusche. Dabei schnappt sich Elvis ein Handtuch, um sich abzutrocknen. Die abklingende Erektion in seinen Shorts kann ich deutlich sehen und lässt mich schmunzeln. Plötzlich fällt mir ein, dass Sinclair ja gar nicht zum Zug gekommen ist. Mit leiser Stimme rufe ich ihn zurück, woraufhin er mich fragend ansieht.

„Was…was ist mit dir?"

Er grinst mich lasziv an.

„Keine Sorge, darauf komme ich zurück." Da ist dieses erregte Leuchten in seinen Augen, als er mich anzwinkert.

"Mach dich fertig, wir warten draußen."

Anschließend dreht er ich um und verschwindet aus dem Badezimmer.

Elvis zieht sich seine Hose über und wendet sich mir zu. Ich sehe noch ungestillten Hunger in seinen Augen, der mich ebenfalls quält. Doch keiner von uns geht weiter, da wir wissen, dass gerade einiges auf dem Spiel steht, sollten wir es ausreizen und erwischt werden.

„Ich geh auch raus, beeil dich."

Somit verschwindet auch er aus dem Badezimmer und ich bin allein.

Ich atme tief durch und merke erst jetzt, wie mein Puls rast. Ich wische mir mit beiden Händen über das Gesicht.

Was ist hier passiert?

Zuerst hat mich Elvis komplett um den Verstand gebracht. Und jetzt ist da auch noch Sinclair, wodurch alles viel komplizierter wird. Gleich darauf kommt der ernüchternde Gedanke. Ich bin immer noch eine Gefangene, die sich auf ihre Flucht konzentrieren muss. Egal wie sehr ich die beiden will. Ich darf mich nicht ablenken lassen. Wer weiß, was die Absichten von Elvis

sind. Ich kenne ihn nicht gut genug, um zu wissen, dass ich
ihm vertrauen kann. Daran wird sich auch nichts ändern, nur
weil er zeigt, wie sehr er mich begehrt. Also schüttle ich weh-
mütig meinen Kopf, um die Gedanken von eben loszuwerden
und beginne, mich erneut einzuseifen und abzuwaschen. Als
ich fertig bin und in einem Handtuch eingewickelt aus dem
Bad komme, liegt ein Kleid mit schwarzer Unterwäsche auf
dem Bett. Das Kleid ist schwarz und scheint aus Seide zu bestehen, jedenfalls fühlt es sich so an. Weich und kalt. Es hat
hauchdünne Träger und rafft sich bisschen am Ausschnitt zusammen. Ich schlüpfe erst in die Unterwäsche und dann in das
Kleid. Ich bin erstaunt, dass es wie angegossen passt. Am Ende
des Kleides ist noch ein seitlicher Schlitz, der bis zur Mitte
meines Oberschenkels führt. Als ich mich nach passenden
Schuhen umsehe, entdecke ich sie ebenfalls neben dem Bett.
Es sind schwarze Sandalen mit einem dünnen Absatz. Sie passen perfekt zum Kleid. Auch wenn ich Francesco verabscheue,
muss ich zugeben, dass er einen fabelhaften Kleidergeschmack
hat. Anschließend gehe ich ins Bad und föhne meine Haare. Da
ich von Natur aus lockiges Haar habe, kämme ich sie nur durch
und lasse sie locker hinabfallen. Da ich kein Makeup entdecke,
gehe ich davon aus, dass ich ungeschminkt bleiben soll. Mir
ist es sowieso lieber, da ich das klebrige Zeug nicht in meinem
Gesicht mag. Ich betrachte mich vor dem Spiegel und muss
sagen, dass ich zufrieden bin. Aber jetzt rückt der Gedanke
näher, dass ich zu ihm runter muss und nicht weiß, was mich
genau erwartet. Angst wie früher habe ich schon lange nicht
mehr, aber was mich so unsicher macht, ist das Ungewisse.
Was wenn er beim Abendessen von mir genervt ist und mich
gleich umbringen lässt? Aber wenn er kurz davor stünde, mir
weh zu tun, hätte er sich doch nicht die Mühe gemacht, mich
zu sich zu holen, oder?
Ich glaube, ich könnte mir die ganze Zeit den Kopf darüber
zerbrechen, also beschließe ich es einfach darauf ankommen zu
lassen und nach unten zu gehen. Wahrscheinlich würde er mich

sowieso kurze Zeit später holen kommen, wenn ich oben bliebe. Ich trete aus meinem, für mich noch sicherem, Rückzugsort und gehe langsam den Flur entlang. Am Ende der Treppe steht Elvis. Als er mich entdeckt, werden seine Augen groß. Ich bleibe neben ihm stehen und er beugt sich nach vorn, um mir ins Ohr zu flüstern.

"Du siehst umwerfend aus. Schade, dass ich es dir heute nicht ausziehen kann. Aber vielleicht bekomme ich später Gelegenheit dazu."

Meine Wangen erröten bei seinen Worten.

Nein, nein! Bleib stark, Leandra!

Er sieht meine Reaktion und hat wieder dieses sinnliche Lächeln auf seinen Lippen.

Ich werde ihm nicht widerstehen können, ich weiß es, verdammt!

Elvis seine Hand, die sich auf meinen Rücken legt, zieht mich aus meiner Starre. Er schiebt mich nach vorn und die Treppe hinunter. Unten angekommen, gehen wir durch den imposanten Flur und kommen an einer großen Flügeltür an. Bevor Elvis sie öffnet, sieht er mich mitleidig an:

"Bereit?"

Ich nicke und zeige ihm meine ganze Stärke in einem Blick.

"Ja, mach auf."

Keine Sekunde später, stehen wir in einer Art Halle, wo ein riesiger länglicher Tisch steht. Am Ende des Tisches sitzt Francesco, der auf den Stuhl, auf meiner Seite deutet.

"Setz dich, Leandra. Wir haben einiges zu besprechen."

Ich laufe an Sinclair vorbei, der in der Ecke steht und anscheinend Aufpasser spielen soll. Er verzieht keine Miene, sodass niemand ahnt, was gerade zwischen uns passiert ist. Dieser Anblick kränkt mich ein wenig, doch ich weiß, dass es besser so ist. Kaum sitze ich, klingelt Francesco mit einer Glocke, woraufhin zwei Kellner mit Tabletts durch die Tür treten. Einer geht zu Francesco, der andere zu mir. Als der Deckel angehoben wird, steht darunter ein einfacher Salat, ohne Dressing oder

irgendwas anderes. Mit gerunzelter Stirn sehe ich zu meinem Gegenüber. Francesco hat ein fettes Stück Fleisch mit ordentlichen Beilagen auf dem Teller. Er begegnet meinem fragenden Blick und antwortet völlig teilnahmslos,
"Ich kann nicht riskieren, dass du Fett wirst. Leandra, ich werde dich oft der Gesellschaft zeigen und dafür musst du gut aussehen. Das verstehst du sicher."
Mein Mund klappt so weit auf, dass ich Angst habe, eine Kiefersperre zu bekommen.
Ist das sein Ernst?
"Was meinst du mit 'der Gesellschaft zeigen'?"
Es strengt mich wirklich an, meine Wut zu unterdrücken. Meine Vene am Hals pocht schon wie verrückt. Ein irres Lachen kommt aus Francescos Mund.
"Was verstehst du daran nicht? Wir werden heiraten und da musst du auf alle Feiern und Treffen mitkommen, als die perfekte Vorzeigefrau. Gewöhn dich an den Gedanken. Wenn du tust, was ich sage, wird es dir an nichts fehlen. Du wirst Leben wie eine Königin an der Seite deines Königs."
Plötzlich kommt mir bei seinen Worten die Idee. Diese Idee wird mir meine Freiheit zurückgeben und wenn nicht sogar etwas mehr. Mein Entschluss steht somit fest.
Der Salat ist immer noch unberührt, als ich meinen Stuhl zurückschiebe und aufstehe. Dann gehe ich mit langsamen Schritten auf Francesco zu und bleibe dicht neben ihm stehen.
Ich streiche ihm mit meiner Hand über die Wange und setze meinen verführerischen Gesichtsausdruck auf. Dabei wandert meine Hand von seiner Wange, über seine Schulter und wieder zurück. Francesco beobachtet jede meiner Bewegungen mit Argusaugen und leckt sich dabei die Unterlippe.
"Du meinst also, wenn ich dich Heirate, liegt mir die Welt zu Füßen?", meine Stimme ist nur noch ein leises Flüstern.
"Die ganze Welt, Baby und noch viel mehr!"
Mit einem Mal nimmt er meine Hand von seiner Wange und legt sie sich auf den Schritt. Ich fühle eine deutliche Ausbuch-

tung, die mich fast würgen lässt. Aber zu meiner eigenen Überraschung, scheine ich gut zu schauspielern, da ich versuche, ihn noch sinnlicher anzusehen und er es mir tatsächlich abkauft. Da ich mich hinunterbeugen musste, um seinen bedeckten Schwanz zu berühren, ist sein Mund nah an meinem Ohr. Ich fühle seinen Atem an meiner Wange, als er hinein raunt, "Ich kann es kaum erwarten, deinen Körper unter mir zu haben. Er gehört schon seit langem mir!"

Er spielt ernsthaft darauf an, als unsere Eltern dieses Abkommen getroffen haben, wo Francesco noch in seine Windeln gekackt hat und ich noch die Ruhe im Bauch meiner Mutter genossen habe. Und als meine Eltern dieses Abkommen auflösen wollten, hast er sie umbringen lassen. Heiße Wut schleicht sich meinem Rachen empor, doch ich schlucke ihn mit einem fetten Kloß hinunter. Denn sobald er mitbekommt, dass ich nichts von ihm will außer Rache, ist mein Plan dahin. Also lächle ich ihn tapfer an und verstecke somit meine wirklichen Gedanken. Er scheint so von sich selbst überzeugt zu sein, dass er nicht mal meinen Stimmungswechsel bemerkt. Ich meine, Halloo, ich habe ihn noch vor wenigen Tagen als Bastard beschimpft, aber wahrscheinlich reichen für ihn zwei Tage, um jemanden umzustimmen und auf seine Seite zu ziehen. Dann bequatscht man denjenigen noch etwas, wie viel Reichtum er bekommt und Bamm, ist einem alles egal. Aber nicht bei mir. Ich bin mehr Wert, als nur ein hübsches Mitbringsel zu einer Veranstaltung und definitiv will ich mir meinen Mann selbst aussuchen. Wie von selbst zuckt mein Blick zu Elvis, der den Blick fragend erwidert. Er versteht nicht, was ich vorhabe, aber das muss er jetzt auch nicht, er wird es früh genug erfahren. Ich stelle mich wieder gerade hin, um nicht länger meine Hand auf Francescos Schritt zu haben, der mehr und mehr zu wachsen scheint. Als ich mich abwenden will, um zu meinem Platz zurückzukehren, hält er mich am Handgelenk fest. Seine Augen fixieren mich, was mich nun doch etwas an meiner Entscheidung zweifeln lässt.

"Verlasst alle den Raum, ich will mit meiner zukünftigen Frau allein sein!", brüllt er so laut durch die Halle, dass ich zusammenzucke.

Elvis und Sinclair sehen erst mich und dann gegenseitig an, doch sie tun, was er will. Alle Kellner und Bediensteten verlassen schnell den Raum.

Nein, nein, nein.

Er würde erst nach der Hochzeit mit mir schlafen, das weiß ich. Er ist da schon früher ziemlich streng gewesen. Warum also will er nun mit mir allein sein?

"Zieh deinen Slip aus!"

Ich bin wie erstarrt. Damit habe ich nicht gerechnet. Als ich nicht reagiere, scheint das Francesco nicht zu gefallen, da er nun aufsteht und anfängt an meinem Kleid zu fummeln. Er will es nach oben raffen und meinen Slip greifen. Ich versuche mich zu wehren, aber Francesco hat mich mit seiner Aufforderung einfach eiskalt erwischt. Nachdem er mich zu Boden gezwungen und meinen Slip ausgezogen hat, beugt er sich über mich. Er riecht gut. Nach Wein und etwas Minze, überhaupt nicht nach einem widerlichen Schwein. Er nimmt meine Unterwäsche in die Hand und beginnt daran zu riechen, wodurch ich mich schmutzig fühle, aber nicht auf die sexy Art. Dann öffnet er seinen Reißverschluss und sein erigierter Schwanz kommt zum Vorschein. Er ist groß und dick und würde wahrscheinlich jede Fickfreudige Frau zum Schreien bringen, aber in mir ruft der Anblick nichts als Ekel hervor. Ich will das er von mir runter geht und seine widerlichen Griffel bei sich behält. Aber er denkt nicht mal daran, von mir runterzugehen. Francesco legt sich meinen Slip auf seinen Schwanz und beginnt in pumpenden Bewegungen seine eigene Hand zu vögeln. Die ersten Lusttropfen zeigen sich und ich muss mein Gesicht abwenden. Francesco nimmt jedoch mein Kinn in die Hand und führt es mit einem festen Griff zurück zu seinem Gesicht.

"Sieh zu. Nach der Hochzeit wird es nie mehr meine Faust sein, die ich ficke, sondern deine enge Muschi, die schon all

die Jahre nur auf mich gewartet hat."
Am liebsten will ich ihn darauf hinweisen, dass er es nicht wissen kann, ob ich noch Jungfrau bin, unterlasse den Kommentar aber lieber, da ich glaube, dass es für mich sonst nicht gut ausgehen würde. Francescos Bewegungen werden hastiger und ruppiger. Irgendwann stöhnt er auf und spritzt mir mitten ins Gesicht. Gerade so kann ich den Würgereiz zurückhalten. Aber noch schlimmer wird es, als er seinen Daumen über mein Gesicht streichen lässt und einzelne Tropfen seines Spermas in meinen Mund drückt. Ich will den Mund geschlossen halten, aber er ist zu stark. Sein salziger Geschmack landet auf meiner Zunge und ich will mich übergeben. Galle steigt meinen Magen hinauf. Am besten kotze ich in seine Visage, damit er merkt, wie sehr mich seine Art und seine ganze Person anwidert. Doch da ich Hoffnung habe, es hier rauszuschaffen, reiße ich mich zusammen und schlucke seinen ekligen Saft. Genugtuung spiegelt sich in seinem Gesicht wider und ich will ihm darauf spucken und sehen, wie sein selbstgefälliges Grinsen verschwindet.
"Gewöhn dich an den Geschmack. Er gehört dir!", sagt er zufrieden und steht anschließend auf. Gleich nachdem er seine Hose geschlossen hat, ruft er alle wieder herein. Ihn kümmert es überhaupt nicht, dass ich noch immer auf dem Boden liege und seinen Dreck aus meinem Gesicht wische. Als Elvis und Sinclair eintreten, sehe ich beschämt zur Seite. Ich fühle mich Erniedrigt. Elvis kommt angelaufen und will mir hochhelfen, doch ich ignoriere seine angebotene Hand. Mit der letzten Würde, die ich noch habe, stehe ich auf, nehme mir eine Serviette vom Tisch und wische mir den letzten Tropfen vom Kinn und werfe es anschließend auf dem Boden. Ohne Elvis oder Sinclair noch einen Blick zu schenken, drehe ich mich um und gehe aus dem Raum. Abrupt bleibe ich stehen, als Francesco mir noch etwas hinterherruft.
"Morgen werden wir heiraten, Ich halte es nicht länger aus. Sei bereit! Ich kümmere mich um alles!

Elvis

~15~

Leandra dreht sich nicht noch einmal um, als Francesco fertig mit seiner Ansprache ist. Er kommt auf mich zu und hat dieses dreckige Grinsen im Gesicht, was man normalerweise nach einem guten Fick hat. Unmöglich ist es nicht, da auf dem Boden ein schwarzes Höschen liegt. Blanke Wut breitet sich in meine Körper aus. Nur der Gedanke an Leandra besänftigt mich, da ich nicht glaube, dass es so weit gekommen ist. Francesco hatte gesagt, dass er nicht länger warten könne. Wahrscheinlich meint er damit den Sex mit Leandra. Das Einzige, was ich nicht verstehe ist ihr komischer Sinneswandel. Sie hat sich ihm förmlich angeboten. Keine Ahnung, was sie dazu bewegt hat. Ich hoffe es waren gute Gründe, denn damit scheint sie Francesco einen Startschuss gegeben zu haben. Als er bei mir ankommt, legt er eine Hand auf meine Schulter, die ich abschütteln will.

"Ich möchte, dass du auf sie aufpasst, sie darf keine Dummheiten machen und nicht entwischen, hast du mich verstanden?"
Ich nicke, woraufhin er seine Hand wieder wegnimmt. Plötzlich wird sein Blick starr und seine Auge nehmen wieder so einen seltsamen Glanz an.
„Wo ist eigentlich der Neue Koch?"
Mich beschleicht ein ungutes Gefühl. Kurz darauf, wird ein Mann Mitte vierzig, vor die Füße von Francesco geschubst. Francescos Stimme ist leise, als er sich zu dem Mann hinunterbeugt, weil er kleiner als er ist.

„Mein Steak war nicht blutig, wie ich es verlangt habe, sondern viel zu zäh. Hast du mir was zu sagen?"

Der Koch sah ängstlich in sein Gesicht und suchte nach den Worten, die Francesco wahrscheinlich hören wollte. Alle Männer standen ringsherum und beobachteten das Schauspiel. Die Stimme des Kochs zittert, als er die für ihn passende Antwort gefunden hat.

„Es tut mir leid, Sir. Das wird nicht wieder vorkommen."

Francesco lächelt. Aber es ist teuflisch.

„Ich verzeihe dir. Und ich weiß, dass es nicht mehr vorkommen wird."

Keine Sekunde später fällt der tote Körper mit einem Loch im Kopf zu Boden. Ich bin nicht mal zusammengezuckt, da ich es schon geahnt habe. Francesco duldet keine Fehler und wenn sie doch passieren, enden sie mit einem Loch zwischen den Augen. Seit Francesco der Chef ist, kam hier keiner mehr lebend raus. Routiniert wird der Körper von zwei Männern weggezogen und eine Putzfrau sitzt schon am Blutfleck, um es zu entfernen. Zum Glück ist Leandra nicht mehr da. Das hätte sie nicht sehen müssen. Francesco ruft in meine Richtung und deutet dabei mit dem Finger nach draußen.

"Folge ihr, ich kann ihr noch nicht vertrauen."

Ich verliere keine Zeit und hechte ihr nach. Ich klopfe an der Zimmertür, bevor ich eintrete, aber ohne auf ihre Erlaubnis zu warten.

Sie will gerade aus dem Kleid steigen, als sie es sich schnell wieder nach oben zieht und mich böse ansieht.

"Was willst du?"

Ich deute mit dem Finger zur Tür.

"Ich habe geklopft.", dabei liegt ein Schmunzeln auf meinen Lippen.

"Ich weiß, Arschloch. Aber du hast nicht mal gewartet, ob ich dich um Einlass gebeten habe. Also raus hier. Ich will meine Ruhe!"

Ich schließe hinter mir die Tür und trete näher an sie heran.

Automatisch verkrampft sie sich. Meine Hand greift ihr Kinn, damit sie mich ansehen muss.

"Hat er dich verletzt?"

"Außer meiner Würde, nichts."

Ich atme tief durch die Nase aus.

"Im Ernst, Leandra. Hat er dir wehgetan? Etwas getan, was du nicht wolltest?"

Sie schlägt meine Hand weg und sieht mich giftig an.

"Nein er hat mir nicht wehgetan, nur gedemütigt. Aber was interessiert es dich. Du bist doch abgehauen und nicht wiedergekommen, obwohl ich glaube, dass du genau wusstest, dass er mich sicher nicht zum Kaffeekränzchen einlädt. Du hast mich einfach mit ihm allein gelassen."

"Leandra…"

Wütend geht sie von mir weg und läuft hin und her.

"Nein, Elvis. Sag es mir. Zuerst zeigst du mir, dass du *mich* willst und nicht nur meinen Körper. Aber trotzdem hast du rein gar nichts unternommen und mit diesem Schwein allein gelassen."

Sie wird lauter und schreit beinahe. Wenn sie so weiter macht, weiß gleich das ganze Haus Bescheid.

"Leandra, sei leiser!"

"Ich will aber nicht leiser sein. Sollen es ruhig alle wissen, dass du mich beinahe gef…"

Ich lasse sie nicht ausreden, da ich einen großen Schritt zu ihr mache und meine Hand auf ihren Mund drücke. Sie versucht sich loszureißen und wir landen beide auf dem Bett. Ich auf ihr, weswegen ich sie noch mit meiner anderen Hand an der Kehle fixiere. Leise, aber bedrohlich spreche ich zu ihr.

"Du hältst nun deinen hübschen Mund, Leandra. Ich werde es dir erklären, warum wir so gehandelt haben, aber du musst mir jetzt versprechen ruhig zu bleiben und nur noch im Flüsterton zu sprechen. Bekommst du das hin?"

Wieder dieser Blick, der mich töten könnte, doch anschließend nickt sie. Langsam und behutsam nehme ich meine Hand von ihrem Mund und setze mich auf. Sie setzt sich neben mich und schweigt. *Braves Mädchen.*

"Wir hören nur auf Francesco, weil wir es seinem Vater versprochen haben. Sein Vater war einer von der guten Sorte. Er hat Sinclair und mich von der Straße geholt und sich um uns gekümmert. Uns fehlte es an nichts, deswegen nahmen wir ihm auf seinem Totenbett, das Versprechen ab, Francesco zu beschützen. Aber leider hat dieser nichts von seinem Vater geerbt. Weder das Wissen noch die Gutmütigkeit. Er ist irre und seine Macht hat ihn noch Irrer werden lassen. Der Rest der Männer tötet ihn nur nicht, da sie sonst nichts mit sich anzufangen wissen, wenn der Boss tot ist. Sie haben schon immer gelebt, um zu dienen, aber nicht um selbst zu denken. Solange niemand kommt und Francescos Platz einnehmen will, wird es wahrscheinlich immer so weiterlaufen. Was glaubst du, was passiert wäre, wenn wir eingegriffen hätten? Wahrscheinlich hätte es mit einer Schießerei geendet, wo du vielleicht tot auf dem Boden gelegen hättest. Im Nachhinein bereue ich es, da mir nicht gefallen hat, was er mit dir gemacht hat, doch es war für den Anfang besser so."

Leandra hört mir aufmerksam zu und ihre harten Gesichtszüge werden weicher. Meine letzten Worte scheinen sie aber vollends zur Ruhe kommen zu lassen.

"Danke, dass du mir das gesagt hast. Und ich versichere dir, wenn mein Plan aufgeht, werden alle Probleme wie weggeblasen sein."

Stirnrunzelnd sehe ich sie an.

"Was für ein Plan?"

Skeptisch sieht sie mich an, bevor sie spricht.

"Wenn ich dir verspreche, dass Francesco verschwinden und es einen neuen Boss geben wird, würdest du mich dann verpfeifen?"

Ich hebe meine Augenbrauen, da ich meinen Ohren nicht traue. Sofort hat es Klick gemacht.

"*Du* willst der neue Boss werden?", dabei kann ich mir aber ein Grinsen nicht verkneifen.

Beleidigt sieht mich Leandra an.

"Warum sollte ich nicht? Ich weiß noch, wie es bei meinem Vater ablief, da er mich in viele Geschäfte mit eingespannt hat. Hier wird es bestimmt nicht viel anders sein. Außerdem bin ich nicht dumm, weißt du? Ich kann lernen."

"Aber bist du nicht abgehauen, weil du vor genau dieser Welt fliehen wolltest?"

"Genau genommen, bin ich verschwunden, weil ich dachte Francesco will mich umbringen. Jetzt glaube ich aber, dass es mein Schicksal ist, hier zurückzukehren und das alles zu übernehmen. Ich meine, ich bin damit aufgewachsen. Wer eignet sich besser dafür als einer aus den eigenen Reihen."

Ich kann es nicht glauben, aber Leandra sieht mich mit all ihrer Stärke an. Sie würde das Schaffen, ich weiß es. Als Frau vielleicht nicht so leicht, aber sie ist taff. Eine letzte Frage bleibt jedoch.

"Wie willst du Francesco vom Thron stürzen?"

Ein teuflisches Grinsen tritt auf ihre Lippen, dass einem schon fast Angst machen könnte, wenn sie dabei nicht zum Anbeißen aussehen würde.

"Das ist leicht. Ich töte ihn natürlich!"

Perplex sehe ich sie an. Das hat sie nicht gesagt. Wo ist mein zartes Blümchen hin?

"Du! Du willst ihn töten? Und wie, bitte?"

Sie mach eine wegwerfende Handbewegung.

"Lass das mal meine Sorge sein. Auf jeden Fall wird die Hochzeitsnacht unbeschreiblich werden."

Dabei zwinkert sie mir zu und ich schwöre, mein Schwanz schwillt noch in derselben Sekunde in meiner Hose an. Diese kämpferische und leicht wahnsinnige Seite macht sie umso heißer, da man das wegen ihrem zarten Äußerem nicht erwarten würde.

"Wirst du mich noch weiter einweihen oder war's das schon?"

"Es ist besser, wenn du nicht mehr weißt. Und jetzt geh, ich

will mich bettfertig machen, damit ich für morgen genug Kraft habe."
Widerwillig erhebe ich mich und gehe nach draußen, um sie in Ruhe zu lassen.

Leandra

~16~

Es ist mitten in der Nacht, als ich an meinem Schlüsselbein eine leichte Berührung wahrnehme. Meine Augen öffnen sich ein Stück und ich erkenne die Umrisse von Elvis. Er streicht über meine Haut und lässt seine Finger wandern. Von meinem Schlüsselbein, über meinen Hals und wieder zurück. Diese leichten Berührungen lassen meinen Körper erzittern. Als ich mich aufsetzen will, greift mich Elvis an der Kehle und presst mich zurück auf die Matratze. Er macht es so fest, dass mir für einen kurzen Moment die Luft aus den Lungen weicht. Ich schaffe es, das Licht auf meinem Nachttisch anzuknipsen, da ich in seinem Gesicht ablesen will, was er vorhat. Doch ich sehe keine Wut oder böse Absichten, sondern animalisches Verlangen. Sein Griff wird fester und ich bekomme trotzdem leicht Panik.

"Elvis...was soll das?"

Meine Stimme ist brüchig und klingt atemlos.

Er senkt seinen Kopf und streicht mit seinen Lippen meinen Kiefer entlang, bis hoch zu meiner Wange und zu meinem Ohr. Sein Atem ist warm, als er spricht.

"Sei still. Falls morgen irgendetwas schief geht, muss ich dich vorher gekostet haben, und zwar ganz! Ein erstes und vielleicht letztes Mal! Denn ich werde nicht zulassen, dass dir etwas passiert! Auch wenn das bedeutet, dass ich mein eigenes Leben riskieren muss."

Seine Worte bringen mir einen Schauer über den Rücken. Er

darf so nicht denken, es wird alles gut gehen. Es muss! Also will ich ihn entschieden wegdrängen, aber er lässt mich nicht.

"Leandra! Wir werden das jetzt tun. Ich weiß, dass du es genauso willst!"

Seine Stimme ist fest und bedrohlich. Er würde nicht zulassen, dass ich das unterbreche.

Außerdem hat er recht. Ich sehne mich schon lange nach ihm und seinem Körper. Vielleicht ist wirklich genau jetzt der richtige Zeitpunkt dafür. Also schließe ich meine Augen, um ihm zu zeigen, dass ich bereit bin und mich ihm hingebe. Für ihn und alles was er mir geben wird. Seine Hand verschwindet für einen Moment und als ich ihn ansehe, schält er sich schnell aus seinem T-Shirt und Hose. Seine Shorts folgen kurz darauf. Wo ich seinen Schwanz jetzt zum zweiten Mal sehe, werde ich nervös. Er ist so lang und dick. Die Sehnen kommen schon deutlich hervor. *Gott, er wird mich entzweien. Ich habe noch nicht mal Übung darin.*

Aber als Elvis anfängt, mich komplett auszuziehen und auf mich zu legen, verpuffen meine Gedanken. Er wird mir nicht wehtun, ich weiß es! Und ich will diesen Sex mit Elvis viel zu sehr. Er kann alles von mir bekommen, wie ich genauso alles von ihm haben will. Als könne er meine Gedanken lesen, spricht er sie laut aus.

"Ich will dich, deinen Körper und deine Seele! Ich werde mir alles von dir nehmen, mein Blümchen!"

Und ich werde es ihm freiwillig geben!

Ich werde ihm sogar meine Jungfräulichkeit schenken, wovon er nicht mal etwas weiß. Elvis packt meine Knie, um sie zu spreizen, damit er sich dazwischen legen kann. Ich fühle seine warme Eichel an meinem Eingang und schmelze dahin. Er reizt mich, indem er seinen Schwanz über meine Klit reibt und immer antäuscht, ihn in meine Enge zu schieben. Meine Augen sind längst schon wieder geschlossen, um dieses Gefühl komplett auszukosten. Das himmlische Kribbeln breitet sich von meinem Unterleib nach unten aus. Auf einmal greift Elvis

meine Kehle und drückt zu. Ich weiß, dass er mir nicht wehtun will, aber ich kann nicht anders als ihn panisch anzusehen,
während er mir die Luft zuschnürt. Sein Blick, mit den eisblauen Augen, ist so intensiv, dass es nicht möglich ist, wegzu-
schauen, obwohl meine Schläfen schon beginnen zu pochen.
"Ich kann nicht sanft sein! Es wird rau werden, weil dieser Moment einfach zu oft hinausgeschoben wurde! Und ich akzeptie-
re kein Nein!"
Seine Stimme ist leise, nur noch ein Flüstern, aber dafür klingt
sie umso bedrohlicher. Ich sollte Angst habe, weil ich nicht
weiß, ob ich ihn in mir aufnehmen kann, aber dafür bin ich
zu erregt und zu sehr von Elvis und seinen Berührungen berauscht. Also nicke ich nur und mache mich innerlich bereit.
Ich schlinge meine Arme um seinen Nacken, um ihn für einen
Kuss zu mir ran zuziehen. Als sich unsere Zungen berühren,
stößt er unerbittlich in mich hinein. Ein heißer schmerzverzerr-
ter Schrei kommt aus meinem Rachen. Ich versuche leise zu
sein, doch glaube, ich mache es so nur noch schlimmer. Elvis
scheint den Widerstand gemerkt zu haben, da er mitten in der
Bewegung aufhört und mich fassungslos ansieht.
"Leandra. Warst du etwa noch Jungfrau?"
Jetzt wo er es ausspricht, schäme ich mich dafür, es so lange
hinausgezögert zu haben. Mit dreiundzwanzig ist man keine
Jungfrau mehr. Selbst als ich geflohen war und wusste, dass
ich nie mehr zu Francesco und diesem dummen Brauch, -erst
nach der Hochzeit Sex zu haben-, zurückkehren würde, wollte
ich niemanden meine Jungfräulichkeit schenken. Bis ich Elvis
traf. Weil Worte mein aktuelles Gefühlschaos nicht beschreiben
können, nicke ich nur und sehe beschämt zur Seite.
"Leandra, sieh mich an."
Zögernd treffen meine Augen auf seine, die mich voller Gefühl
ansehen.
"Schäme dich nicht. Ich sollte mich geehrt fühlen, dass ich es
sein darf, der dich entjungfert. Aber ich hätte es gern vorher gewusst, dann wäre es schöner für dich geworden, weil ich mehr

aufgepasst hätte.”

Hastig schüttle ich meinen Kopf.

“Es ist schön. Sehr sogar. Mach mit mir was du willst. Ich will es auch, glaub mir!”

Jetzt tritt statt Sorge, wieder der alte Hunger in Elvis Augen. Das ist es, was ich sehen wollte.

“Es ist gefährlich, einem Mann wir mir sowas zu sagen, kleines Blümchen.”

Da Elvis immer noch in mir drinsteckt, gewöhne ich mich langsam an seine Größe. Ein letztes Mal fragt mich Elvis, “Bist du sicher, dass ich weitermachen soll? Denn dann werde ich nicht mehr aufhören können.”

Seine Worte lassen Vorfreude in mir aufsteigen und mein Magen beginnt zu kribbeln. Also sage ich die Worte, die er vermutlich hören will.

“Fick mich, Elvis! Tu es jetzt und mach es hart!”

Kaum sind die Worte raus, zieht er seinen Schwanz gänzlich aus mir zurück, nur um ihn umso kräftiger wieder hineinzustoßen. Ich schlage mir meine eigene Hand vor den Mund, da ich sonst drohe, das komplette Haus aufzuwecken. Elvis Stöße werden heftiger und stärker. Die anfänglichen Schmerzen werden durch pure Lust ersetzt. Ich kralle mich in seinen Rücken und hinterlasse definitiv spuren. Der Gedanke gefällt mir. Er küsst meinen Hals, beißt sogar manchmal hinein und sendet damit immer wieder neue Stromstöße durch meinen Körper. Hätte ich vorher schon geahnt, wie gut er sich in mir anfühlt, wäre das schon viel früher passiert. Irgendwann breitet sich dieses warme Gefühl der Erlösung in mir aus. Elvis nimmt seine Hand dazu und legt seinen Daumen auf meine empfindliche Stelle. Das ist die letzte Berührung, um mich auf den Gipfel zu bringen und anschließend wieder abstürzen zu lassen. Meine inneren Wände ziehen sich um seine Schwellung zusammen. Ich komme mit einem lauten Stöhnen, dass von meiner Hand abgebremst wird. Wenige Sekunden später, folgt mir Elvis mit einem tiefen Knurren, dass aus seiner Brust kommt. Sein Sa-

men spritzt schubweise in mich hinein und meine noch zucken-
de Muschi quetscht jeden Tropfen aus ihm heraus. Er bricht auf
mir zusammen und versucht sich trotzdem mit seinen Händen
abzustützen, um sich nicht mit seinem gesamten Gewicht auf
mich zu legen. Unsere Herzen schlagen im gleichen Takt. Wir
kommen langsam wieder zu Atmen, woraufhin er sich von
mir runter rollt und neben mich legt. Ich drehe mein Gesicht
zu ihm und sehe ihn mit großen Augen an. Hoffentlich hat er
recht, dass alles gut gehen wird. Als könnte er wieder meine
Gedanken lesen, dreht er sich zu mir, nimmt mich in den Arm
und gibt mir einen Kuss auf die Stirn, gefolgt von Worten seiner beruhigenden Stimme,
"Es wird alles gut gehen, meine Blume!"
Mit einem neuen Gefühl von Stärke, schließe ich meine Augen
und schlafe ein.

Elvis

~ 17 ~

ls ich mich aus dem Zimmer schleiche, wartet Sinclair schon im Gang auf mich.

"Na, denkst du, das war eine gute Idee?"

Ein zufriedenes Lächeln erscheint auf meinem Gesicht.

"Oh ja!"

Dabei zwinkere ich ihm zu, was er mit einem Augenrollen kommentiert, aber gleichzeitig freundschaftlich auf die Schulter klopft.

„Ich wäre ja dazugekommen, aber es ist zu riskant, wenn keiner aufpasst. Aber das nächste Mal, bin ich dabei."

Sinclair grinst mich lüstern an und ich weiß, dass er gerade das Bild von meiner Leandra im Kopf hat. Ich bin kein eifersüchtiger Typ, erst recht nicht bei Sinclair. Er scheint zu wissen, dass sie für mich was Besonderes ist, deswegen hat er uns in Ruhe gelassen. Sonst wäre es ihm egal gewesen und hätte sich, während ich Leandra ficke, von ihr ein Blasen lassen. Da ich tief in meinem Inneren weiß, dass dieses zarte Blümchen, nur mir, mit Körper und Seele gehört, kann Sinclair teilnehmen. Aber natürlich nicht zu oft. Wir müssen es ja nicht übertreiben!

Wir halten bis zum Morgengrauen, vor Leandras Tür, wache. Es geht eigentlich darum, dass sie nicht abhaut, aber da ich ihren Plan kenne, glaube ich nicht daran, dass sie versuchen würde zu flüchten, aber ich kann das Sinclair noch nicht erzählen. Er hasst Francesco zwar genauso wie wir alle, aber macht dann einen auf Beschützer. Wahrscheinlich würde er es ihr sofort ausreden, sodass sie nervös wird und der ganze Plan am Ende schiefgeht. Aus diesem Grund behalte ich es lieber für mich. Meckern wird er dann so oder so.

Als wir abgelöst werden, wasche ich erstmal den Sex vom Körper. Sogar ein bisschen Blut läuft in den Abfluss, was von Leandras Jungfernhäutchen kommen muss. Als ich daran zurückdenke, muss ich Schmunzeln.

Sie wollte, dass ich es bin, der sie entjungfert. Das ich sie zu der meinen mache.

Diese Vorstellung berauscht mich so sehr, dass ich kurz davor stehe aus der Dusche zu steigen und sofort zu ihr zurückzugehen, um die Sache von der Nacht zu wiederholen.

Aber es geht nicht. Heute ist ein großer Tag, der nicht gefährdet werden darf, nur weil ich meinen Schwanz nicht unter Kontrolle habe. Denn wenn alles klappt wie geplant, kann ich sie so oft und überall vögeln, wo ich will. Dieser Gedanke hebt meine Stimmung und lässt mich etwas geduldiger werden. Außerdem bin ich neugierig, wie das mit Leandra weitergehen würde. Ob sie es schafft, die Männermeute unter Kontrolle zu bringen. *Es muss klappen verflucht nochmal!*

Mit einem vollen Kopf lege ich mich wenigstens nochmal für zwei Stunden schlafen, bevor es an die Vorbereitungen geht.

~

Zur Mittagsstunde stehe ich auf der Matte und Sinclair mir gegenüber. Francesco läuft alle Bodyguards ab, um jedem eine Aufgabe zu geben. Frauen mit Blumensträußen und Tischgedecken laufen hektisch durch die Flure. Sinclair wird für die Tür eingeteilt, um ungebetene Gäste fernzuhalten. Ich bin der Nächste, der eine Aufgabe bekommt.

"Du wirst mein persönlicher Wachmann. Ich möchte, dass du

mich und meine zukünftige Frau bewachst. Wenn wir angegriffen werden, rettest du trotzdem mich zuerst. Aber wenn ihr etwas passiert, wird dein Kopf rollen, verstanden?"

"Geht klar, Boss."

Wie gerne ich ihm manchmal ins Gesicht rotzen würde!

Ist ihm bewusst, wie widersprüchlich sein Auftrag klingt? Ihn auf jeden Fall retten und Leandra im Notfall opfern, aber wehe sein Eigentum wird zerstört. Innerlich verdrehe ich meine Augen über den Bullshit. Leider muss ich erstmal den Schein wahren.

Ich verfolge jeden Schritt von ihm. Wie er die Bediensteten rumscheucht, weil die Blumen nicht kerzengerade in der Vase stehen, oder warum das Haus nicht bis zum letzten Staubkorn geputzt ist. Auf jede Ecke legt er seinen Finger und wischt darüber. Wenn ich jedes Mal sein zerknittertes Gesicht sehe, weil etwas nicht zu seiner Zufriedenheit ist, muss ich mir ein fettes Grinsen verkneifen. Zum Abend wird alles noch hektischer, da es bald losgehen soll. In der großen Halle steht ein Pult, wo Francesco und Leandra bei der Trauung stehen werden und davor einige Stühle, wo die Gäste sitzen werden. Da Francesco keine Familie und Freunde hat, gehe ich davon aus, dass hier seine Bodyguards oder irgendwelche Geschäftspartner sitzen sollen. Kurz vor zwanzig Uhr, nehmen alle ihren Platz ein. Manche Gesichter kenne ich von geschäftlichen Treffen, andere sind mir unbekannt. Aber auf jeder Stirn steht dasselbe, ‚Kriminelles Arschloch'!

Ich werde hinter Francesco positioniert, als die zarten Klänge eines Klaviers von den Wänden hallt. Sinclair steht am Eingang, als er mich bedeutsam anlächelt. Ich runzle meine Stirn, da ich erst nicht verstehe, was das dämliche Grinsen soll, als jedoch die Töne schneller werden und die zweite Flügeltür geöffnet wird, steht da Leandra. Ihr Blick ist auf den Blumenstrauß in ihren Händen gesenkt. Sie sieht umwerfend aus!

Das weiße Kleid ist eng und figurbetont. Es geht bis zum Boden und wird nur unten an den Füßen etwas lockerer. Vorne hat es einen tiefen Ausschnitt. Es ist langärmlig und spitzenbesetzt. Dazu trägt sie ihre Haare zu einem lockeren Knoten, wo einzelne Strähnen gewollt draußen hängen. Als sie näherkommt, erkenne ich, dass sie zartes Makeup trägt, was ihre Schönheit nur noch mehr unterstreicht. Ein Blick zu Francesco und ich weiß, dass er dasselbe denkt, wie ich.

Diese Frau ist mehr als nur fickbar. Ihre Augen treffen auf meine und ein leichtes Lächeln ziert ihr Gesicht. Um nicht aufzufallen, behält sie dieses Lächeln und sieht damit Francesco an. Dieser strahlt nun noch mehr bis über beide Ohren. Es ist aber nicht so ein verliebtes Lächeln, sondern eher eins, dass er es kaum erwarten kann, sie aus diesem Kleid zu schälen. Plötzlich erfüllt mich der pure Hass. Es kribbelt in meinen Fingerspitzen, weil ich ihm meine Faust ins Gesicht rammen will. Er soll nicht anfassen, was mir gehört. Denn das tut sie. *Leandra gehört mir!*

Jetzt gerade wird mir das zu hundert Prozent klar.

Mein Gedankengang wird von einem alten Mann mit langem grauem Bart unterbrochen. Er scheint ein Pastor zu sein, der jedoch mit ängstlichem Blick zu Francesco sieht. Als dieser nach wenigen Minuten noch kein Ton rausgebracht hat, zieht Francesco eine Waffe aus seiner Hose und hält sie dem Pastor an die Schläfe.

„Fängst du nun an, oder muss ich ungemütlich werden?"

Leandra beobachtet mit aufgerissenen Augen das Geschehen. Sie ist besorgt um den Pastor, doch schreitet lieber nicht ein. Der Geistliche nickt heftig und sieht dann in die Halle zur Menschenmenge. Seine Stimme klingt brüchig, aber versucht es schnell in den Griff zu bekommen. Das muss man ihm hoch anrechnen.

„Wir haben uns heute hier versammelt, weil Francesco Minelli und Leandra Bennet, den Bund der Ehe eingehen möchten. Die Liebe erträgt alles und hält allem stand. Die Liebe hört niemals auf. Und so hoffen wir, dass sie auch euch beistehen wird."

Bei den Worten zuckt Leandra leicht zusammen, fängt sich aber augenblicklich wieder. Der Mann weiß bestimmt, dass diese Ehe nicht aus Liebe bestehen wird, aber er weiß wahrscheinlich nicht was er sonst sagen soll, außer die normale Rede. Aber hin und wieder muss auch ich mir ein Augenrollen verkneifen. Der Mann redet unbeirrt weiter.

„So frage ich, wirst du, Francesco Minelli, deine Frau lieben und ehren, in guten wie in schlechten Zeiten, bis der Tod euch scheidet, so antworte mit, Ja, ich will."

Francesco sieht zu Leandra, greift ihre Hände und gibt einen leichten Kuss auf den rechten Handrücken.

„Ja, ich will!", sagt er mit voller Überzeugung.

Der Pastor nickt und wendet sich an Leandra. Ich glaube, kurz Mitleid in seinen Augen zusehen.

„So frage ich, wirst du, Leandra Bennet, deinen Mann lieben und ehren, in guten wie in schlechten Zeiten, bis der Tod euch scheidet, so antworte mit, Ja, ich will."

Ich sehe Verachtung und puren Hass in den Augen meines Blümchens. Aber sie ist eine gute Schauspielerin. Also lächelt sie ihr breitestes Lächeln und beantwortet die Frage.

„Ja, ich will."

Wieder nickt der Pastor. Er scheint verwirrt, ist aber nicht lebensmüde und geht deshalb auch nicht weiter darauf ein.

„So erkläre ich euch nun mit der Kraft des mir verliehenen Amtes, zu Mann und Frau."

Beide stecken sich gegenseitig die Ringe an und Francesco wartet keine Sekunde länger. Er greift mit seiner Hand in Leandras Nacken und schiebt ohne Vorwarnung seine komplette Zunge in ihren Mund. Ich schwöre, mich hebt es noch in derselben Sekunde. Ich will gar nicht wissen, wie Leandra sich fühlen muss, wenn sie ihn so verachtet. Aber sie schlägt sich tapfer und versucht ihn zurückzuküssen ohne an seiner Zunge zu ersticken. Als Francesco endlich genug hat, lässt er von ihr ab und wendet sich seinen Gästen zu. Der Pastor ist so schnell verschwunden, als wäre der Teufel persönlich hinter ihm her.

Leandra steht einfach nur da und sieht sich den mit Diamanten besetzten Ring an. Am liebsten würde ich zu ihr gehen, aber ich darf kein Aufsehen erregen. Als wüsste sie was ich denke, hebt sie ihren Blick und sucht meinen. Unsere Augen treffen sich und ich versuche mit meinem Gesicht zu sagen, dass sie das gut gemacht hat. Sie nickt, lächelt kurz und geht dann auf Francesco zu, um den Schein, einer glücklichen Braut, zu wahren. Sinclair kommt zu mir und legt seine Hand auf meine Schulter. Dann spricht er mit leiser Stimme.
„Bist du traurig, dass sie nun unerreichbar für dich ist?"
Ohne es aufhalten zu können, muss ich grinsen. Sinclair runzelt die Stirn. Er kennt dieses Grinsen und weiß, dass da etwas dahintersteckt.
„Auf keinen Fall, mein Freund. Es ist das Beste, was passieren konnte!"

Leandra

~18~

Hat hier mal irgendjemand einen beschissenen Eimer? Wenn dieser Mistkerl auch nur eine Sekunde länger, seinen Lappen in meinen Mund getaucht hätte, wäre mein gesamter Mageninhalt in seinem Rachen gelandet. Das gerade eben war kein Kuss. Es war ein feuchter Austausch von Körperflüssigkeiten und absolut keiner von der angenehmen Sorte, wie beim Sex. Francesco hält die ganze Zeit meine Hand, wenn er mich seinen Geschäftspartnern vorstellt. Ich fühle mich unwohl neben ihm. Als würde er mich als sein neues Haustier vorstellen, dass ihm den Schoß wärmt und die Füße küsst. Die Männer sehen mich mit einer Mischung aus Verwunderung und Erregung an. Allesamt Schweine, ich wusste es. Wenn ich hier den Laden übernehme, werde ich denen als erstes zeigen, dass Frauen mehr sind als nur eine Sex - und Brutmaschine.

Wir laufen jetzt schon seit fast zwei Stunden durch diesen Saal. Mein Kiefer ist schon ganz verkrampft von dem falschen Lächeln. Ich spüre immer Elvis seine Blicke auf mir und will mich jedes Mal umdrehen, um ihn mit meinen Augen zu suchen, aber das würde auffallen. Sinclair habe ich schon entdeckt und selbst er sieht mich mit diesem hungrigen Blick an, der einem die Knie weich werden lässt. Das Kleid scheint seine Wirkung zu haben.

Francesco redet mit verschiedenen Menschen, aber lässt mich keine Sekunde aus den Augen. Er hält mich so eisern fest, dass ich nicht mal aufs Klo gehen konnte. Als wir endlich bei dem letzten, mir noch unbekannten, Gesicht ankommen und ich vorgestellt wurde, lässt er mich endlich ziehen. Bevor ich aber ge-

hen und mir ein Glas Sekt genehmigen kann, hält er mich zurück. Er führt seine Lippen an mein Ohr, um mir zuzuflüstern.
„Geh schon mal nach oben und mach dich frisch. Ich verabschiede noch unsere Gäste und dann stoße ich zu dir."
Er zwinkert mir zu und ist sich völlig im Klaren, dass er den letzten Teil zweideutig gesagt hat. Da ich es nun nicht mehr erwarten kann, ihn endlich loszuwerden, setze ich mein verführerisches Lächeln auf.
„Okay, aber mach nicht zu lange!"
Dabei drehe ich mich um und lasse dabei meine Hüften sinnlich kreisen. Francesco knurrt leise und schlägt mir mit einem Klaps auf den Hintern. Die umkreisenden Männer grölen und ich fühle mich wie im Kindergarten. Diese Männer tragen teure Anzüge, wahrscheinlich noch Waffen als Accessoires und jubeln wie frisch pubertierende Jugendliche, wenn sie das Wort Sex hören. Auf dem Weg nach draußen, Kralle ich mir ein Glas mit sprudelnder Flüssigkeit, von einem Tablett, einer an mir vorbeirennenden Kellnerin. Ich kippe es mit zwei kräftigen Schlücken hinunter und verdrehe auf dem Weg zum Ausgang, genervt die Augen. Gott, bin ich froh, wenn der ganze Mist mit diesem Affenzirkus vorbei ist.

Bevor ich den Saal hinter mir lassen kann, taucht Elvis aus einer Ecke auf. Er berührt mich nicht, aber kommt trotzdem so nah wie es geht. Für andere sieht es so aus, als würden wir nur gemeinsam durch die Tür gehen wollen, aber wir atmen den gegenseitigen Duft des anderen ein. Es gibt mir die Kraft, die ich brauche. Als sich unsere Wege trennen, blicke ich noch einmal zu ihm zurück, woraufhin er mich anlächelt. Ich präge mir sein hübsches Gesicht ein und drehe mich wieder um. Bevor ich aber nach oben steige, nehme ich noch eine kleine Abzweigung, um mich für meinen Plan vorzubereiten.

~

Circa eine Stunde später wird meine Schlafzimmertür aufgerissen. Ich weiß auf Anhieb, dass es Francesco sein muss, da er gute Manieren nicht kennt und niemals anklopfen würde, bevor er ein Zimmer einer Frau betritt. Für meinen Plan muss ich all meinen Mut zusammennehmen. Ich sitze hier halb nackt auf dem Bett und hasse mich dafür. Ich trage nur einen Slip und die Tagesdecke bedeckt meinen Oberkörper. Er muss glauben, dass ich unbedingt Sex mit ihm will. Also lege ich noch einen drauf und entferne Stück für Stück die Decke, als er näherkommt. Der erste Nippel ist zusehen und Francesco bespringt mich wie ein wildes Tier. *Hoffentlich will er kein Vorspiel, dass würde ich nicht überstehen!*

Doch zu meinem Glück, öffnet er schon seine Hose und holt seinen erigierten Schwanz heraus.

„Ich wusste, dass du eine notgeile Schlampe bist. Willst du meinen Schwanz? Ich hoffe, du willst ihn, denn ich werde ihn dir jetzt reinstecken!"

Kaum sind seine Worte raus, zieht er an meinen Beinen, damit ich flach auf dem Rücken liege, woraufhin er sich anschließend zwischen meine Beine legt und den Slip zur Seite schiebt. Er versucht mich nicht mal zu küssen oder in irgendeiner Weise scharf zu machen. Selbst als er ihn mit größter Mühe versucht reinzustecken und ich trockener als die Sahara bin, interessiert ihn kein Stück. Leider schmerzt es dadurch auch höllisch, als er ihn mir reinzwängt. Es brennt wie Feuer und ich verziehe mein Gesicht. Aber er beachtet mich nicht, da ihm wahrscheinlich sein eigener Höhepunkt wichtiger, als alles andere ist. Er hat zwar keinen großen Penis, aber ich glaube, wenn es staubtrocken ist, ist die Größe egal. *Und es tut wirklich scheiße weh!* Am liebsten würde ich ihn von mir stoßen, doch ich muss da jetzt durch, sonst geht meine Idee nicht auf. Also reiße ich mich zusammen und fange an zu stöhnen, wenn er in mich stößt. Ich schalte meinen Kopf aus und unterdrücke somit meinen Würgereflex. In meinem Kopf erscheint Elvis. Wie er mich berührt und mich küsst. Seine Zunge verwöhnt mich und will

mich verführen. Wie durch ein Wunder spüre ich, dass sich Feuchtigkeit zwischen meinen Beinen sammelt. Elvis Anwesenheit in meinem Kopf hilft mir, das zu überstehen.
Weit entfernt höre ich Francesco knurren.
„Du bist so heiß und so verdammt eng. Ich werde dich jeden Tag ficken!"
Bei dem Gedanken zittere ich und verkrampfe mich ein bisschen, was Francesco als Bestätigung sieht und denkt, dass er mich mit seinen Worten unendlich geil gemacht hat, da er sein Becken nun noch schneller bewegt und in mein Gesicht grunzt. Nach wenigen Minuten bäumt er sich auf, um noch besseren Zugang zu haben. Irgendwann flüstert er,
„Ich komme, Baby."
Jetzt oder nie!
Ich fasse mit der rechten Hand unter mein Kopfkissen und greife das scharfe Fleischermesser. Ohne eine Sekunde darüber nachzudenken, ziehe ich es von links nach rechts über seinen Hals. Ich spüre noch, wie sein Samen in mich spritzt, als ebenfalls Blut aus seinem Hals auf meinen Oberkörper läuft. Seine Augen sind vor Entsetzen geweitet und gurgelnde Geräusche kommen aus der offenen Wunde. Francesco greift mit beiden Händen an seine Kehle, doch es ist zu spät. Da ich so tief wie ich konnte, geschnitten habe, hat er innerhalb weniger Sekunden schon zu viel Blut verloren. Irgendwann kippt er einfach wie ein Sack zur Seite und bleibt reglos liegen. Das Laken saugt sich mit seinem Blut voll, woraufhin der Fleck immer größer wird. Es hat tatsächlich funktioniert.
„Viel Spaß in der Hölle, Arschloch!"
Ich bleibe noch für einen Moment so sitzen, um mir klar werden zu lassen, was ich gerade getan habe. Ich versuche ein Gefühl von Trauer oder Reue zu verspüren, aber nichts. Rein gar nichts! Ich fühle mich nicht schlecht, ein Menschenleben ausgelöscht zu haben. Ich habe der Welt einen Gefallen getan. Wer weiß, wie viele Leben er schon genommen hat. Da ist seins nichts mehr Wert.

Ich versuche aufzustehen, doch meine Knie sind zu weich. Jetzt wo das Adrenalin nachgelassen hat, merke ich erst, wie ich zittere. Aber nicht, weil ich Angst hatte, oder es bereue, sondern vor Erleichterung. Ich bin frei und meine Eltern sind gerächt. Ich überlege, wie ich zu Elvis kommen soll, da aufstehen gerade absolut nicht möglich ist. Demnach fällt mir nur eine Idee ein.

„Elvis!"

Ich rufe so laut ich kann, in der Hoffnung, dass nicht der falsche Mann die Tür öffnet. Doch als sie sich öffnet und Elvis seinen Kopf durch einen Spalt steckt, fällt mir ein Stein vom Herzen. Wie hätte ich jemand anderem erklären sollen, warum der Boss nun tot ist und mit aufgeschnittener Kehle und runtergelassener Hose, auf dem Bett liegt. Als Elvis mich sieht, reißt er die Augen auf. Kurz darauf schließt er hinter sich die Tür und rennt zu mir. Seine Finger sind überall, als er mich untersucht. Das Blut scheint ihn nicht zu stören.

„Geht es dir gut? Hat er dich verletzt?"

Ein Lächeln umschmeichelt meinen Mund.

„Nein, ist alles sein Blut."

Elvis dreht Francesco auf den Rücken und hebt erstaunt die Augenbrauen.

„Nicht schlecht, Blümchen. Wie hast du das angestellt ohne das er es mitbekommen hat? Denn eigentlich sind seine Reflexe gut."

Ich zeige auf meinen Körper.

„Mit den Waffen einer Frau. Er konnte es kaum abwarten, mich zu vögeln, also habe ich das für mich genutzt. Beim Orgasmus habe ich ihm dann die Kehle aufgeschnitten."

„Muss ich bei meinem nächsten Orgasmus Angst haben?"

„Natürlich nicht, du bist ja nicht Er!"

Dabei deute ich mit der Hand auf Francesco und plötzlich fangen wir beide an zu lachen, was absurd ist, da wir neben einer Leiche liegen. Elvis steht auf und hebt mich gleichzeitig auf seine Arme. Er steuert das Bad an und legt mich in die Bade-

wanne. Dann lässt er mir warmes Wasser ein. Als sich das Wasser Stück für Stück rot färbt und sich von meinem Körper löst, sieht mich Elvis prüfend an.
„Wie fühlst du dich?"
Ich zucke mit den Achseln.
„Ich weiß nicht. Auf jeden Fall nicht schlecht. Ich habe gedacht, ich würde mich furchtbar und nicht mehr wie ich selbst fühlen, doch ich fühle mich nun umso stärker. Als könnte ich alles schaffen, jetzt da mein größtes Hindernis weg ist. Sollte ich mich nicht schlecht fühlen, deswegen? „
„Nicht unbedingt. So ist es auf jeden Fall besser, als wenn du tagelang nicht schlafen könntest, weil dich die Alpträume plagen. Wenn du dich wie ein neuer Mensch fühlst, dann war es das Richtige."
Ich nicke und genieße es, wie Elvis mit einem Schwamm über meine Haut fährt. Nachdem ich fertig gebadet und mit einem Bademantel auf einem Stuhl im Zimmer sitze, sieht Elvis mich fragend an.
„Und wie soll es jetzt weitergehen?"
Ich lächle. Es ist ein glückliches Lächeln. Deshalb sage ich mit fester Stimme,
„Ich habe einen Plan!"

Elvis

~Epilog~

2 Jahre später...

Ich klopfe an die Holztür, wo wenig später Leandra mit ernster Stimme antwortet.
„Herein!"
Ich trete ein und beobachte sie in ihrem riesigen Büro, wie sie einen neuen Vertrag zwischen eines ihrer Geschäftspartner und sich selbst, schreibt. Manchmal denke ich an den Tag von vor zwei Jahren zurück.

Als wir Francescos Leiche entsorgt und den anderen erzählten, was passiert war, hatte Leandra erst Angst, sie würde nachts abgestochen werden, weil sie ja den Boss getötet hatte. Aber dem war nicht so. Wie wir es schon wussten, waren eigentlich alle froh, dass dieser Freak weg war. Anscheinend haben sie nur darauf gewartet, dass endlich mal jemand kommt und ihn entsorgt. Mich jedoch wunderte es extrem, dass die meisten nichts dagegen hatten, dass Leandra nun den Boss ersetzen wollte. Die, die nicht wollten, gingen einfach und es gab keine weiteren Probleme.

Sie macht den Job auch erstaunlich gut. In die Geschäfte hat sie sich eingearbeitet und sortierte das aus, was ihr nicht gefiel. Bis jetzt versuchte niemand, sie anzugreifen, da gute Männer hinter ihr standen, genauso wie Sinclair und ich. Da trauen sich Feinde nicht einfach so, hier hereinzuspazieren und Ärger machen zu wollen. Sinclair war von der ganzen Aktion nicht erfreut gewesen, aber im Nachhinein ist er froh, dass Francesco weg ist. Er war ziemlich erstaunt gewesen, als er erfuhr, dass sie, Francesco allein getötet hat. Er war schon fast Stolz gewesen.

Ich lasse meinen Blick über Leandra wandern. Sie sieht genervt aus, weswegen ich noch mehr Lust, auf mein Vorhaben habe.

„Du siehst gestresst aus, ist alles gut?"

Sie sieht nur kurz auf und ihr Blick bestätigt meine Vermutung. Ihre Stirn ist gerunzelt und ihre Lippen sind zu einer Linie zusammengepresst. Aber sie erzählt mir immer, was sie so ärgert, wie auch jetzt.

„Da ist so einer, der denkt, er muss aus der Reihe tanzen. Er ist einer der letzten, der sich nichts von einer Frau sagen lassen will, obwohl den meisten bekannt ist, dass ich meine Arbeit gut mache. Er will Geschäfte mit Menschenhandel machen und versucht mich damit hineinzuziehen. Er will Frauen verkaufen, kannst du dir das vorstellen?"

Ich schüttle nur meinen Kopf, da ich bei sowas nicht weiß was ich sagen soll. Schließlich war ich früher auch nicht viel besser, wenn man bedenkt, dass ich Leandra entführt und hierhergebracht habe, obwohl ich wusste, dass sie sterben könnte. Sie war zwar die erste Frau, die ich entführte, aber wer weiß, wie weit ich noch gegangen wäre, wenn es nicht sie gewesen wäre. Sie scheint meinen schuldbewussten Ausdruck zu sehen, woraufhin sie mich gleich wieder beruhigen will.

„Schau nicht so, du bist nicht wie die! Das sind eiskalte Menschen, die einen Scheiß auf andere Menschenleben geben. Unter den Entführten sind sogar manchmal Kinder. Du würdest sowas niemals tun. Also hör auf dich mit denen zu vergleichen."

Ich trete an Leandra ran, um ihr einen Kuss auf den Scheitel zu geben.

„Danke, dass du den guten Menschen in mir siehst."

Mit großen Augen sieht sie zu mir hoch.

„Du bist gut. Da brauche ich nicht weit zu sehen."

„Also, was willst du gegen diesen Typen unternehmen?"

Sie reibt sich nachdenklich mit dem Zeigefinger über ihre vollen Lippen.

„Ich glaube, ich werde Sinclair darauf ansetzen. Er hat schon oft zum Ausdruck gebracht, dass ihn solche Geschäfte gehörig gegen den Strich gehen. Ich werde ihn da mit reinschleusen

und er soll den ganzen Haufen auffliegen lassen. Er hat solche Undercover-Sachen schon Mal gemacht.“
„Du weißt aber auch, dass er noch mehr von ihnen gibt, Blümchen. Es reicht nicht, nur eine Truppe von ihnen zu erwischen.“ Genervt sieht sie mich an.
„Das weiß ich, aber umso weniger es von diesen Arschlöchern gibt, umso besser!“
Da ist wieder dieses Glänzen in ihren Augen. Es strahlt Macht und Wille aus. Dieser Blick macht mich jedes Mal wahnsinnig.
„Apropos Sinclair, ich dachte mir, weil du so gestresst bist, könnte er uns heute Gesellschaft leisten.“
Wie als wäre ein Schalter umgelegt, verwandelt sich der Glanz ihrer Augen, zu einem Lustvollen.
„Willst du das denn? Fühlst du dich nicht manchmal bedroht oder bist eifersüchtig?“
Frech grinst sie mir zu.
„Auch wenn Sinclair dabei ist, haben wir die Regel, dass er ihn dir nicht in deine Muschi stecken darf. Dieses Privileg gilt nur mir! Außerdem ist er nicht immer dabei. Deine Orgasmen gehören alle mir!“
Bei meinen letzten Worten, wird meine Stimme dunkler. Blitzschnell greife ich Leandra am Nacken und ziehe sie vor mein Gesicht. Dann flüstere ich ihr rau zu,
„Oder siehst du das anders, kleines Blümchen?“
Sie schüttelt sachte ihren Kopf.
„Also, was gehört mir? Sag es!“
„Meine…meine Orgasmen.“
Wie ich es liebe, dass sie sonst die autoritäre Frau ist und sobald ich in ihr die Lust wecke, wird sie dieses willige Ding, dass alles tun will, was ich ihr sage.
„Und was gehört noch mir?“
Leandra wimmert, da mein Griff fester wird.
„Ich gehöre dir! Für immer!“
Das wollte ich hören. Ein teuflisches Lächeln ziert meine Lippen. Sie öffnet schon ihren Mund, in der Erwartung, dass ich sie küsse, doch ich lasse sie abrupt los, um zur Tür zu laufen. Als ich sie öffne, steht da schon Sinclair der nur auf mein Zeichen gewartet hat. Wir treten ein und ich schließe hinter uns die

Tür ab. Wir beide bleiben erstmal nur stehen und beobachten Leandra. Diese scheint sich auf ihrem Stuhl unter unseren Blicken zu winden. Ihre Augen huschen zwischen meinem Freund und mir hin und her. Unsicherheit zeigt sich auf ihren Gesichtszügen und wir genießen das viel zu sehr. Als Erster tritt Sinclair vor und läuft gemächlich zu ihr. Leandra drückt ihren Rücken durch, in der Hoffnung, dadurch Stärke zu zeigen und ihre Nervosität zu verstecken, aber es funktioniert nicht. Wir wissen genau, wie ihr dieses Spielchen gefällt und sie sich uns nur zu gerne unterwirft. Als Sinclair bei ihr ankommt, greift er mit der Faust in ihr Haar und zieht es grob nach hinten. Als ihre Kehle frei liegt, leckt er genüsslich darüber. Ich verspüre keine Eifersucht, mich macht es sogar an, die beiden zusammen zu sehen. Schließlich weiß ich, wem Leandra gehört, und zwar mir!
Ihr sinnliches Stöhnen holt mich zurück ins hier und jetzt. Während Sinclair noch immer ihren Hals küsst, komme ich näher und stelle mich so hin, dass ich von oben auf sie hinabsehe.
„Gefällt dir das? Gefällt es dir, wenn dich ein anderer Mann verwöhnt und dein eigener zusieht?"
Sie haucht ein Ja, doch mehr will nicht hinauskommen, da Sinclair seine Finger in den unteren Bereich schiebt.
„Du ungezogenes Ding!"
Ich streiche mit meinem Daumen über ihre Unterlippe, woran sie sofort beginnt zu saugen. Diese Geste lässt mich augenblicklich hart werden.
„Willst du meinen Schwanz, Blümchen? Ihn schmecken?"
Mit großen Augen sieht sie zu mir auf und nickt hektisch.
„Zeig es mir!"
Innerhalb einer Sekunde habe ich meine Hose geöffnet und meine steinharte Erektion herausgeholt. Leandra leckt sich die Lippen und macht mich damit umso verrückter. Ohne Umwege schiebe ich ihr meinen Schwanz in den Mund, den sie mit einem genüsslichen Geräusch empfängt. Sie nimmt alles was ich ihr gebe. Ich lasse ihr keine Zeit und beginne unerbittlich meine Erektion in ihren Rachen zu stoßen. Da sie schon längst mit ihrem Stuhl zurückgerollt war, kann ich sehen, wie Sinclair sich mit seinem Mund nach unten bewegt und unter ihrem Rock verschwindet. Er leckt Leandra gerne und entlockt

ihr noch mehr dieser Geräusche, die mich so anheizen. Doch
jetzt gerade ersticke ich jedes ihrer Töne, da mein Schwanz zu
tief in ihr drinsteckt. Spucke läuft ihr Kinn hinab und ich liebe
den Anblick. Sie weiß, wie sie den Würgereflex unterdrücken
Kuss und macht es mir somit noch leichter. Eine kleine Träne
läuft ihre Wange runter, weil meine Stöße unerbittlich werden. Ein starkes Kribbeln breitet sich in meinem Unterleib aus
und ich sehne den Höhepunkt heran, doch noch will ich nicht.
Also ziehe ich mich schnell aus ihrem verführerischen Mund
zurück, bevor es zu spät ist. Bevor sie dagegen demonstrieren
kann, gebe ich Sinclair mit einem Blick bekannt, dass wir die
Positionen wechseln. Er versteht sofort und entfernt sich von
ihrer bestimmt schon zuckender Muschi. Ich fege mit einer
Handbewegung die Unterlagen vom Schreibtisch, um kurz darauf Leandra mit den Rücken drauf zu legen. Sinclair stellt sich
rechts von ihr an die Seite und öffnet seine Hose, als ich mich
mit meinem Gesicht, Leandras nähere.
"Ich will, dass du mit meinem Schwanz in dir kommst, bevor
er es tut. Wenn er vorher in deinen Mund spritzt, ist die Chance
auf einen Orgasmus für dich heute vorbei."
Sinclair lacht leise.
"Sei doch nicht so fies zu deiner Frau."
"Halt dich da raus, oder willst du ebenfalls auf einen Orgasmus
verzichten?"
Mein Freund hebt beschwichtigend die Hände. Ich wusste,
dass er auf den Mund von ihr nicht verzichten will. Diese sieht
leicht angesäuert zu mir auf, aber wir wissen beide, dass diese
Aufgabe überhaupt kein Problem für sie sein wird. Zur Bestätigung meiner Annahme, schiebe ich einen Finger in sie hinein
und es geht wie durch Butter. Sie ist schon so feucht und bereit
für mich. Also warte ich nicht länger. Doch bevor sie Sinclairs
Schwanz lutscht, stehle ich mir noch einen leidenschaftlichen
Kuss. Meine Zunge spielt mit ihrer und umkreist sie. Er ist
herrisch und dominant. Ich zeige ihr mit diesem Kuss, dass sie
mein ist! Sie saugt an meiner Zunge und ich knurre tief aus
meiner Brust. Ohne mich von ihr zu lösen, stoße ich mit einer
einzigen und festen Bewegung zu. Ihre Enge umschließt mich
und ich keuche in ihren Mund. Ein letzter Zungenschlag und

ich gebe sie für Sinclair frei. Sonst würde ich ja gegen meine eigene Aufforderung verstoßen. An ihrem Blick sehe ich, dass es ihr gefällt, Sinclairs Schwanz zu lutschen. Er greift durch die Bluse an ihre Nippel und zwirbelt sie, was Leandra wimmern lässt. Ich lege meinen Daumen zusätzlich an ihre Perle und reibe ihren empfindlichen Punkt. Sie liebt die verschiedenen Eindrücke, die auf sie einprasseln, wenn wir beide uns um sie kümmern. Und wir lieben es, dabei zuzusehen, wenn sie die Beherrschung verliert. Ich spüre, wie sich ihre inneren Wände zusammenziehen und sehe zu Sinclair. Er versteht und nimmt die Sache nun selbst in die Hand. Er legt eine Hand auf den Hinterkopf von Leandra und wird in seinen Bewegungen schneller. Ich passe mich dem Rhythmus an und reibe gleichzeitig ihre Klit. Als sie mit einem lauten Schrei kommt, lasse auch ich los. Ich springe über die Klippe und lasse mich fallen. Dabei ziehe ich Leandra mit in den Abgrund. Ich stöhne laut und genieße meinen Orgasmus. Mein Bauch und Beine verkrampfen sich, als ich mich schubweise in meinem Blümchen ergieße. Die letzten Wellen tragen mich weiter, bis mich ein Gefühl von plötzlicher Entspannung erfasst. Mein Blick geht zu Sinclair, dem es höchstwahrscheinlich genauso geht. Sein Gesicht zeigt, wie entspannt und zufrieden er sich fühlt. Er packt seinen Schwanz wieder ein und schließt die Hose. Dann gibt er Leandra einen Kuss auf die Lippen und flüstert ihr zu. "Es war mir wie immer eine Ehre, Kleines."
Dann noch ein Kuss und er verschwindet aus der Tür. Ich bekomme nur noch ein Augenzwinkern von ihm. Lächelnd schaue ich zu Leandra. Da sie nach den Orgasmen immer etwas schwach ist, helfe ich ihr hoch. Ich setze mich auf den Bürostuhl und ziehe sie auf meinen Schoß, nachdem sie alles wieder an Ort und Stelle gerichtet hat. Ich lege meine Arme um ihre Taille und gebe ihr einen Kuss auf den Hals. Mit geröteten Wangen und geschwollenen Lippen, sieht sie zu mir runter. Ich liebe diesen Anblick. Ich glaube deswegen kam ich ein Jahr später, auf die Idee, sie heiraten zu wollen. Wir sind beide keine Menschen, die sich ihre Gefühle offen darlegen, aber wir wissen beide, wie wir füreinander empfinden. Wir fühlen es einfach. Sie ist stark, taff und sieht verdammt nochmal so heiß

aus, dass man Spiegeleier auf ihr braten könnte. Wir lächeln uns an und ich weiß, dass sie dasselbe über mich denkt. Ihr betörender Duft nach lieblicher Rose steigt mir in die Nase und ich fühl mich berauscht. Diese Frau ist perfekt für mich und ich bin froh, dass ich sie damals entführt habe, denn sonst würde sie nun nicht hier sitzen und alles regieren. Früher dachte ich, dass sie zerbrechlich, wie eine Rose sei. Manchmal etwas kratzbürstig, wie die Stacheln, aber dennoch eine Blume. Bis ich herausfand, dass eine Rose, die Königin der Blumen ist. Denn das ist sie.
Eine Königin...*meine Königin!*

Ende

Danksagung

Wow. Jetzt ist es wieder vorbei. :D
Ich liebe es so sehr, meine Geschichten auf Papier zu bringen.
Und dass es dann tatsächlich auch noch Menschen gibt, die
Bock darauf haben und sie lesen, ist ein wunderbares Gefühl!
Jedes Feedback und jedes liebe Wort, gibt mir neue Kraft mei-
ne Bücher zu beenden und überhaupt erst neue anzufangen. <3
Genau aus diesem Grund, möchte ich euch, meine Leser, zuerst
danken.
Weil ihr mich motiviert, unterstützt und irgendwie immer to-
tal lieb seid. :D Ihr seid wundervoll. Danke, für jedes weitere
Buch, das ihr von mir lesen werdet.

Dann möchte ich natürlich wieder meinem Mann, Christian,
danken.
Du unterstützt mich bei jeder Entscheidung und Holst mich
auch Mal wieder auf den Boden zurück, wenn meine Ideen
Quatsch sind. Du liest immer tapfer meine Bücher durch und
bist ehrlich, wenn etwas nicht stimmig ist oder gar totaler Mist.
:D Ich bin so froh, dich zu haben. Ich glaube, jede Frau könnte
sich glücklich schätzen, dich zu haben. Denn ich bin es auf jeden Fall. Ich liebe dich, Schatzischmatzi. :D <3

Dann möchte ich auch ein paar ganz lieben Mädels von Instagram danken, die mich wirklich bei jedem Beitrag, Story
oder was weiß ich was, unterstützen. Und wenn es nur Mal ein
netter und lieber Austausch ist, hilft das manchmal schon un-
gemein. Ich kann euch alle gar nicht aufzählen, da es sonst zu
viele werden. :D Daran merkt man erstmal, was für eine geile
Community, unser Bookstagram ist. <3 Ihr seid die besten und
ich bin froh euch zu haben. Jeder der das hier liest und sich an-
gesprochen fühlt, der ist damit auch gemeint, denn diejenigen
wissen, dass ich sie für ihr Arrangement liebe. :D

So, das war's erstmal mit bedanken, ich denke ich habe jeden
erwischt. :D
Wenn du noch mehr von mir lesen möchtest oder gerne Mal bei

mir stöbern möchtest, dann schau gerne auf meiner Instagram Seite vorbei.

mable_strong_autorin

Love & Betrayal erschienen am 12. November 2021

Es gibt immer zwei verschiedene Wege, die man einschlagen kann.
Einen guten sowie einen schlechten.
Zu welchem gehört Er?

Die 27-jährige Ex-Soldatin Hazel ist eine taffe und selbstbewusste Frau. Als sie vor 5 Jahren bei einem Einsatz ihren engsten Freund verlor, schwor Hazel der Männerwelt an.
Eines Abends trifft sie ungewollt auf den attraktiven Nathaniel. Er löst etwas in ihr aus, was sie versucht seit Jahren zu verdrängen. Die beiden verbringen einen heißen Moment zusammen, gehen dann jedoch getrennte Wege. Aber schon bald begegnen sie sich wieder. Hazel ist seitdem gefangen zwischen der Lust, die sie bei Nathaniel verspürt und dem Drang vor ihm fliehen zu wollen.
Die Frage ist nur, was sind seine Absichten?
Und in welcher Verbindung steht er zu ihrer Vergangenheit?

My First (Kurzgeschichte) erschienen am 20. Februar 2022

Pierce

Eigentlich kann ich sagen, dass ich glücklich bin.
Ich besitze mein eigenes Tattoo Studio.
Habe Mitarbeiter, die gerne für mich arbeiten.
Einen Hund, der mir sprichwörtlich aus der Hand frisst.
Meine heißgeliebte Tätowier Maschine, die ich nur zu gerne
benutze, um meine gezeichneten Werke auf die Haut zu brin-
gen.
Und am aller wichtigsten…keine Beziehung und somit meine
Ruhe!
Bis dieser Frieden von einer reichen Göre, buchstäblich zer-
stört wird.
Denn sie hat noch etwas anderes im Sinn, als sich von mir ein
Tattoo stechen zu lassen.
Und jetzt will ich dasselbe wie sie!

Erotische Kurzgeschichte.
Schmutziger Sex und eindeutige Szenen.

-3-

Pierce

Ich sehe nochmal auf die Zeichnung mit dem Adler und warte
auf meine letzte Kundin. Sie war sehr genau mit ihren Vorstel-
lungen und ich habe versucht, es dementsprechend umzuset-
zen. Ich finde, dass ich mir selbst auf die Schulter klopfen darf,
da mir dieser Vogel echt gelungen ist.
Die Glocke vom Eingang ertönt und ich hebe meinen Kopf.
Zuallererst sehe ich einen Haarschopf, der so hellblond ist,
dass es beinahe schon an weiß grenzt. Weiß wie Schnee. Als
die Frau ihren Kopf hebt, muss ich schlucken. Ihre Augen sind
eisblau und das Gesicht sieht aus, wie das von einer Porzellanpuppe.
Seidig und weich.
Und dann diese Lippen. Sie sind so verdammt voll, dass man
sich am liebsten daran festbeißen will.
Ich schüttle meinen Kopf, um die Gedanken zu vertreiben. Sie
ist eine zahlende Kundin, die nur hier ist, um sich von mir ein
Tattoo stechen zu lassen.
Sie geht zu John und sagt ihm, weswegen sie hier ist. Dieser
zeigt auf mich, woraufhin ihr Blick in meine Richtung fällt.
Sie mustert mich von unten bis oben und ein kleines Lächeln
erscheint auf ihrem sündigen Mund. Ich komme nicht Drumhe-
rum, dasselbe bei ihr zu tun.
Ein knappes schwarzes Kleid umrahmt ihren Körper, was an
den Seiten von Fäden zusammengehalten wird und vorne zum
Knöpfen ist. Darüber eine schwarze Lederjacke. An den Füßen
trägt sie schlichte Chucks. Ihr Makeup ist auffällig dunkel.
Dunkelroter Lippenstift mit schwarz geschminkten Augen. Ich

glaube, man nennt das Smokey eyes.

Mit wiegenden Hüften kommt sie auf mich zugelaufen und ich kann nicht leugnen, dass sie einen verdammt scharfen Körper hat. Kurven an den richtigen Stellen und dazu lange Beine.

Als sie vor mir stehen bleibt, reicht sie mir ihre Hand. Ich weiß nicht wieso, aber als ich die dargebotene Hand ergreife, um sie zu schütteln, geht mir die Berührung durch Mark und Bein. Sie kommt näher und flüstert beinahe:

"Brianna."

Ich versuche die aufkeimende Erregung zu ignorieren und spreche mit starker Stimme:

"Pierce. Ich werde dich heute tätowieren."

Brianna beginnt sinnlich zu grinsen und haucht mir die nächsten Worte entgegen.

"Und wie du das wirst."

Okay, dass sollte definitiv eine Anmache sein.

Ich gebe zu, ich bin nicht abgeneigt. Von mir aus, würde ich sie einfach auf meinen Schreibtisch werfen und so lange hart von hinten vögeln, bis sie ihren Namen vergessen hat.

Doch Erstens, sind wir nicht allein und Zweitens, ist sie eine Kundin. Ich habe keine Lust auf schlechte PR und am Ende kommt keiner mehr in meinen Laden, weil die denken, ich vögle alle Frauen, die hier reinkommen. Also ignoriere ich ihre Bemerkung.

"Wenn du mir bitte folgen würdest."

Ich laufe voraus und führe sie in einen der hinteren Räume. Dort angekommen, schließe ich die Tür und deute mit meinem Zeigefinger Richtung Liege, woraufhin sie sich draufsetzt.

Als ich ihr meine Zeichnung zeige, bekommt sie ganz große Augen. Ich glaube sogar ein Leuchten darin zu sehen.

"Es ist perfekt."

Sie klingt mehr als begeistert und das macht mich Stolz. Ein Lächeln erscheint auf meinem Gesicht. Wer wird schließlich nicht gerne für seine Arbeit gelobt. Es ist immer ein gutes Gefühl, wenn den Leuten meine Zeichnungen gefallen.

Ich wende mich, noch immer mit einem Lächeln auf den Lippen, von ihr ab und bereite alles zum Tätowieren vor. Als ich fertig bin und mich zu Brianna umdrehe, beginnt sie gerade ihr

Kleid aufzuknöpfen.
Sie macht es in aller Ruhe und sieht mich dabei unentwegt an.
Auch ich kann meine Augen nicht von ihr lassen. Nach einem
intensiven Blickkontakt fragt sie mit rauer Stimme:
"Willst du mir nicht helfen?"
Da mich die Frage etwas überrumpelt hat, stehe ich nur da und
sehe zu, wie ein Knopf nach dem anderen geöffnet wird und
mehr von ihrer hellen Haut entblößt.
Jetzt reiß dich zusammen, du geiler Idiot!
Sie ist doch nicht die erste Frau, die du nackt gesehen hast. Ge-
rade als Tätowierer kommt es nicht selten vor, dass Frauen ihre
Tattoos an gewissen Stellen haben wollen, wo normalerweise
keine Sonne hin scheint.
Mir ist es immer egal gewesen. Man sieht sowas geschäftlich.
Aber bei Brianna kann ich mir nicht helfen. Sie hat eine Aus-
strahlung, die mich schwach werden lässt.
Brianna scheint zu wissen, was ich denke, da sie die letzten
Knöpfe schneller öffnet und die beiden Seiten des Kleides zur
Seite legt, damit ihre Brüste frei liegen.
Fuck!
Sie trägt verflucht nochmal keinen BH!
Ungeniert sieht sie mich an und wartet darauf, dass ich den ers-
ten Schritt wage.
Als ich aus meiner Starre erwache und auf sie zugehe, beginn-
nen sich ihre Nippel aufzurichten. Gleichzeitig zuckt mein
Schwanz bei diesem Anblick freudig in der Hose. Es kostet
mich meine ganze Kraft, nicht einfach meine Hand auszustre-
cken und sie zu packen. In meinen Fingern kribbelt es förm-
lich.
Ich nehme einen Stuhl und schiebe ihn an die Liege, direkt vor
ihre Füße. Für eine Sekunde bleibe ich dicht vor ihr stehen.
Sie muss ihren Kopf in den Nacken legen, um mir ins Gesicht
sehen zu können. Das hier kostet wirklich all meine Kraft. Als
sich unsere Augen treffen, versinke ich darin.
Diese Augen faszinieren mich.
Sie sind blauer, als jeder Eiskristall und blicken direkt in meine
Seele.

His eyes erscheint am 21. August 2022.

Bereits Vorbestellbar.

Kiana ist 22, als ein Schicksalsschlag ihr Leben verändert.
Kurz darauf zieht sie nach Dublin, um sich als Floristin selbstständig zu machen.
Es vergehen 3 Jahre, in denen sie sich zuhause verkriecht oder wie verrückt arbeitet.
An ihrem 25. Geburtstag, lässt sie sich von ihrer besten Freundin überzeugen, endlich wieder das Leben zu genießen und sich zu amüsieren.
Der Abend in einer Bar läuft gut, bis Kiana einen Anruf von einem Kommissar erhält, weil in ihr Geschäft eingebrochen wurde.
Als sie am Ort des Geschehens eintrifft, begegnet sie dem außergewöhnlichen Deegan. Mit seinen unterschiedlichen Augenfarben und diesem Bad Boy Image, ist sie ihm vom ersten Moment an verfallen.
Es knistert heftig zwischen den beiden, was bei jedem Wiedersehen intensiver wird. Er zeigt Kiana, eine ganz neue Seite an ihr und lässt sie ihre traurige Vergangenheit vergessen.
Doch jemand böses funkt dazwischen.
Wer ist es?
Und ist Kiana in Gefahr?

Teil 2 der Found-Reihe

She found you – Er ist es, den ich brauche

erscheint im Oktober